DREAMBOOKS★

武當神魔

무당신마

양경 신무협 장편소설

4

ORIENTAL FANTASYSTORY & ADVENTURE

dream
books
드림북스

무당신마 4

초판 1쇄 인쇄 / 2015년 3월 16일
초판 1쇄 발행 / 2015년 3월 23일

지은이 / 양경

발행인 / 오영배
책임편집 / 편집부
펴낸 곳 / (주)삼양출판사 · 드림북스

주소 / 서울시 강북구 도봉로 173
대표 전화 / 02-980-2112 팩스 / 02-983-0660
편집부 전화 / 02-980-2116 팩스 / 02-983-8201
블로그 / blog.naver.com/dreambookss

등록번호 / 제9-00046호
등록일자 / 1999년 3월 11일

ⓒ 양경, 2015

값 8,000원

ISBN 979-11-313-0213-2 (04810) / 979-11-313-0209-5 (세트)

* 지은이와 협의하에 인지는 생략합니다.
* 잘못된 책은 구입한 곳에서 바꾸어 드립니다.

이 도서의 국립중앙도서관 출판시도서목록(CIP)은 서지정보유통지원시스템홈페이지
(http://seoji.nl.go.kr)와 국가자료공동목록시스템(http://www.nl.go.kr/kolisnet)에서
이용하실 수 있습니다. (CIP제어번호: 2015007834)

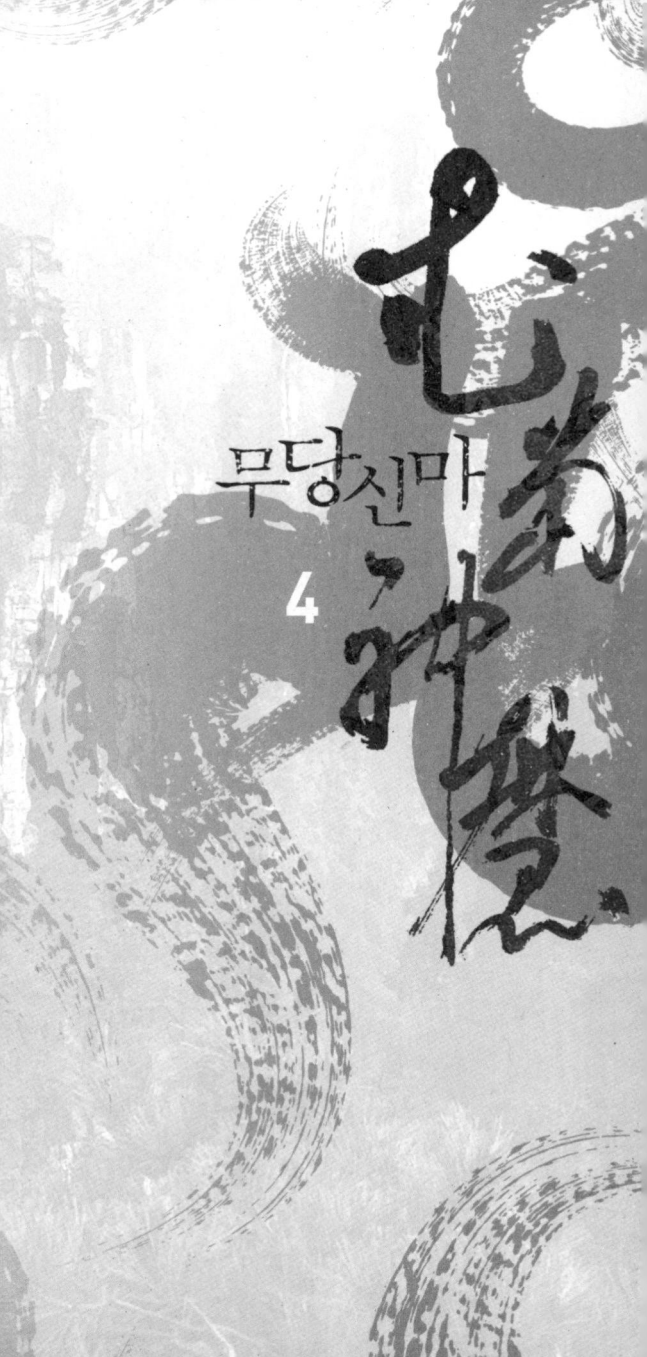

양경 신무협 장편소설

ORIENTAL FANTASYSTORY & ADVENTURE

무당신마

4

dream
books
드림북스

목차

武堂神譽

무당신마

第一章

"도사님! 어쩝니까? 얘네도 접수합니까?"

의혈단의 선두로 걸어 나온 정만의 물음.

그와 의혈단은 자신만만한 모습이다.

당연했다. 숫자에서도 힘에서도 훨씬 웃돌고 있다. 자신만만할 수밖에 없는 상황이었다.

반대로.

꿀꺽!

옥분을 비롯한 적조의 마적들은 긴장하고 있었다.

앞에는 이현, 등 뒤에는 일천에 달하는 의혈단이라는 대군이 포위하고 있다.

옥분과 적조가 긴장하는 것도 당연한 일이었다.

그리고 이현은.

'상황이 뭐 이따위야?'

머리 아프다.

과거가 바뀌고, 운명의 수레바퀴가 정해진 순로(順路)를 벗어났다.

그 변수를 생각하는 것만으로도 머리가 아프다.

하물며.

'그래도 옛날엔 내 쫄따구였던 놈들인데……'

한때는.

아니, 야율한이었을 때는.

적조는 그의 수하였다. 그가 가장 처음 접수한 마적 집단이다. 또한, 지금 적조를 이끌고 있는 옥분은 오른팔이나 다름없던 녀석이다.

대신 죽어 줄 수 있다고 입버릇처럼 말하고 다니던 놈이었다. 실제로도 충분히 그럴 수 있는 놈이다.

그런데 이젠 그를 앞에 두고 결정해야 한다.

칠 것인지, 내버려 둘 것인지.

"우리는 귀하와 아무런 원한도……."

이현의 침묵에 누군가 입을 열었다.

적조의 대장.

옥분이다.

그는 불안한 눈으로 무언가 말하려 했다.

아마 이 상황을 벗어나기 위한 행동이었으리라. 이현과 옥분의 두 눈이 자연스럽게 마주쳤다.

"……아!"

눈을 마주한 순간 옥분은 하려던 말도 잊고 작은 감탄을 터트렸다.

'짜식! 계집애처럼 쫄기는!'

웃었다.

눈을 마주한 옥분 때문이었다.

그 눈은 그의 감정을 감추지 못한다.

두려워하고 있었다.

'그러면서도 활로를 찾고 있지. 관건은 어떻게 하면 희생을 최소화할 것인가.'

무식한 외모와 달리 잔머리가 잘 돌아가는 녀석이다.

그래서 천마를 죽인 이후에는 그를 지낭(智囊)으로 썼었다.

그러니 어떤 생각을 하고 있는지를 알아채는 것은 일도 아니다.

'안 것이지.'

입가에 걸린 웃음에 담긴 호의를.

'내가 자신들에게 적의가 없다는 것을!'

마적답지 않게 자존심이 강한 옥분이었지만, 눈치만큼은 또 마적답게 재빠른 놈이었으니까.

입안의 혀 같은 놈이다.

씨익!

그런 이현의 짐작이 틀리지 않았다는 듯 옥분이 입가를 끌어올렸다.

마주 웃고 있다.

"도사님? 어찌합니까? 접수하지 말까요?"

정만이 되물어 온 것도 그때였다.

이현이 웃었다.

"미쳤냐? 접수해!"

*　　　　*　　　　*

순식간에 포박되어 무릎 꿇려진 옥분의 얼굴에는 분기가 가득했다.

"약속과 다르지 않습……!"

억울한 마음에 소리를 질렀다.

분명 이현의 입에 걸린 웃음은 호의였다. 그리고 옥분과 적조를 건드리지 않겠다는 약속이었다.

따악!

"약속은 무슨 약속?"

돌아오는 것은 시원하게 뒤통수를 강타하는 이현의 거친 손길이었다.

"그건……!"

그런데도 억울한 것은.

'할 말이 없다!'

아닌 말로 이현의 입에서는 공격하지 않겠다는 말은 한마디도 나오지 않았었다.

순전히 눈과 눈의 대화.

무언의 대화 속에서 이루어진 감정적 교감의 약속이다.

"임마! 장사 하루 이틀 해? 귀찮게 왜 일일이 물어보고 난리야?"

정만이라는.

얼핏 보기만 해도 그 무위가 상당할 것 같은 거한의 뒤통수를 후려치며 타박하고 있는 이현을 보면.

무엇보다도 정만을 타박하는 이현의 말엔 옥분이 알 수 없는 내용이 담겨 있었다.

'장사 하루 이틀 한다니? 그럼 이 짓도 한두 번이 아니란 뜻인가?'

그러고 보니 이상하긴 했다.

아무리 포위되어 있다고는 하지만, 마적은 마적이다. 늑대가 달리지 못한다고 이빨이 사라지는 것은 아니다. 마적이 말을 달리지 못한다고 해도, 그 힘은 사라지지 않는다.

그저 힘 일부가 반감될 뿐이다.

그런데.

잡혔다.

불과 반 식경 만에. 아무도 목숨을 잃은 사람 없이.

전원 생포.

다시 되짚어 보니 분명 마적 잡는 솜씨가 한두 번 해본 이들의 솜씨가 아니었다.

사로잡힌 채 이제 죽을지 살지도 모르는 상황에서도.

'대체 뭐하는 인간들이지?'

옥분은 궁금했다.

*   *   *

의혈단.

궁금증이 풀렸다.

옥분은 자신들을 사로잡았던 일천에 달하는 무인들의 정체가 의혈단임을 깨닫는 데 오랜 시간이 걸리지 않았다.

소문은 익히 들어 알고 있었다.

산적이고 흑도 파락호고, 닥치는 대로 접수한다고 했다.

그러나 크게 관심을 두지 않았던 것도 사실이다.

당장 마교의 공세를 걱정해야 하는 옥분으로서는 산적이 털리든, 흑도 파락호가 털리든 관심을 기울일 상황이 아니었으니까.

설마 그 의혈단이 신강까지 올라와 이 사단을 만들 줄은 전혀 몰랐다.

몰랐던 것은 몰랐던 것이고.

'그건 그렇다고 치는데……'

자신들을 사로잡은 이들의 정체가 의혈단임을 알았음에도 옥분은 그리 놀라지 않았다.

오히려 이해가 됐다.

그 유명한 의혈단이 나섰으니 이처럼 허무하게 사로잡히는 것도 당연했다.

하지만.

의문은 계속되고 있었다.

아니, 시간이 지날수록 옥분이 느끼는 놀라움과 의문은 오히려 커져만 가고 있었다.

'저거 진짜 뭐 하는 인간이지?'

이현 때문이다.

이현은 능숙했다. 것도 지나치게!

'언제 이 거친 신강에 살아 보았다고!'

적조를 제압한 이현이 가장 먼저 한 일은 자리를 이동하는 일이었다.

동시에 이현은 의혈단을 시켜 흔적을 지우는 일도 잊지 않았다.

신강식이다.

쓰러진 풀잎의 방향을 바꾸고, 전장에 남겨진 살육의 흔적들을 과장하고, 단단한 바위길이나 강풍이 불어오는 방향으로 길을 잡는 것 모두 신강에서 주로 사용하는 방법이다.

정확히 말하자면 신강의 마적들이 주로 이용하는 방식이란 말이 맞을 것이다.

고작 지시를 내리는 것이 전부였지만, 어쨌든 이현은 그 모든 것을 능숙하게 명령하고 지도하고 있었다.

'저 인간이 어딜 봐서 무당잠룡이야? 마적이지!'

의혈단을 이끄는 이가 최근 무림에서 주목받고 있는 젊은 신진 고수인 무당잠룡 이현이란 사실은 옥분도 알고 있었다.

하지만 이현이 보여 준 행동들은 무당파의 젊은 고수라기보다는 구르고 구른 신강의 마적의 모습이다.

하긴.

이현의 입에서 튀어나오는 말투를 보아도, 말보다 앞서는 주먹질을 보아도, 고기를 밥처럼 먹고 술을 물처럼 마시는 행동거지를 보아도 도인의 모습은 아니었다.

무엇보다.

'대체 여긴 어떻게 안 것이지?'

이현이 길을 잡아 이동한 방향.

우각호에서 서북쪽으로 삼십 리를 더 가면 나오는 석림(石林)이다.

규칙 없이 여기저기 솟아난 황량한 바위산 군락을 이룬 석림은 그 자체로 복잡한 미로가 된다. 섣불리 들어서면 출구도 찾을 수 없을 만큼 복잡하게 얽힌 곳이다.

과거 이곳에 진법에 능한 외도방문의 고수가 살았었다고도 한다. 그의 영향으로 남은 진법이 불완전하게 남아 있어 가만히 있어도 절로 방향감각을 상실하게 하는 곳이기도 했다.

이 근방에서도 석림을 자유롭게 오갈 수 있는 사람은 몇 되지 않는다. 그중 하나가 마적단. 적조다.

그런데 이현은 그곳을 아무렇지 않게 지나왔다.

석벽 사이로 난 좁은 갈림길 사이에서 단 한 번의 고민도 하지 않았다.

그렇게 석림을 가로질렀다.

석림을 피해서 가면 족히 칠 일은 걸렸어야 할 길이다.

그 뒤 이현이 이끈 곳은 둥글게 사방을 둘러싼 절벽 사이로 난 좁고 복잡한 길과 합쳐져 위에서 내려다보면 마치 깨진 알처럼 보이는 곳이다.

붉은 토사가 섞인 절벽이 노을과 더해지면 그 빛은 마치 피를 뒤집어쓴 것만 같다.

그곳이 혈란(血卵).

피의 알이라 불리는 곳.

붉은 새라 불리는 적조의 보금자리다.

적조는 적어도 일 년 중 석 달 이상의 시간을 이곳 혈란에서 보낸다.

'지금껏 누구에게도 들키지 않았던 이곳을 무당잠룡은 어떻게……'

한 번도 노출되지 않은 곳이다.

적조를 제외한 누구도 감히 발길을 허락하지 않았던 곳이다.

그곳을 찾아왔다.

단 한 번의 망설임도 없이.

마치 처음부터 혈란의 존재를 알고 있었던 것처럼 당연하게.

그 후.

혈란에 도착한 뒤 이현이 가장 먼저 한 일은.

"누구십니까? 당신은?"

옥분을 호출하는 일이었다.

이현에게 질문을 던지는 옥분의 표정은 무겁게 굳어 있었다.

'대체 정체가 무엇이기에!'

첫 만남부터 이름을 불렀다.

같은 마적들 사이에서도 옥분이라는 그의 진짜 이름을 아는 이는 몇 되지 않는다. 그런데 이현은 안다.

"나?"

그리고 이현이 입술을 열었다.

"그건 알 것 없고. 너 내 밑으로 들어와라."

"우리 적조가 도사님의 수하가 되라는 말씀이십니까?"

마른침을 삼키며 재차 확인했다.

"응."

이현의 대답은 이번에도 간단했다.

마치 '너무 쉽지?'라고 묻는 듯한 말투로 그렇게 이야기하고 있었다.

하지만 옥분에게 그 요구는 결코 쉽지도 가볍지도 않았다.

적조의 목숨이 걸린 일이다.

"그렇다면 저희가 얻게 되는 것은 무엇입니까?"

뭘 그런 걸 묻느냐는 투로 다시 답한다.

"살려는 주지."

　　　　　　　*　　　　　*　　　　　*

　이현의 계획대로.

　옥분과 적조는 도망치지 못했다.

　그리고 또 예상대로.

　옥분은 이현이 원하는 대로 움직일 수밖에 없었다.

　진심으로 복종한 것도, 마음을 바친 것도 아니었다.

　그래도 상관없다.

　이유가 어찌 되었든 옥분은 원하는 대로 움직이고 있었으
니까.

　"일단 맞자!"

　"아! 또 왜 이러십니까! 아악!"

　차라리 죽일 것이지!

　이현은 죽이지도 않고 줄곧 때리기만 했다.

　자고로 매에는 장사 없는 법이다.

　더욱이 이현은 때리고 패는 일에서만큼은 이미 도가 틀대
로 튼 인간이다. 심지어 혜광의 주먹질에 피떡이 된 경험까지
가지고 있다.

　이현의 매질은 혹독했고 또한 강렬했다.

　그러면서도 상처는 하루 이틀이면 나을 정도로 미미하다.

이현의 폭력은.

혜광의 영향으로 날로 진화하고 있었다.

"……제가 뭐 잘못한 거라도 있습니까? 요즘은 부르면 재 깍재깍 달려오고, 시키는 일도 잘하지 않습니까?"

한바탕 푸닥거리가 끝난 뒤.

옥분은 시퍼렇게 멍든 왼쪽 눈두덩을 문지르며 울먹거렸 다.

험악한 인상의 거한이 눈물을 글썽이는 모습은 차마 눈 뜨 고 봐주기 어려울 지경이다. 상관없다. 이현은 그런 쪽으로는 비위가 강한 편이었으니까.

"늦었어!"

옥분의 물음에 이현의 대답은 간단했다.

"찾으신다는 소식 듣자마자 바로 왔습니다!"

"뛰어왔어야지!"

"이런! 개……!"

"개? 개 뭐?"

울컥한 옥분의 외침에 이현이 눈을 반짝인다.

그동안 숱하게 때렸다.

처음에는 이현의 부름을 거절했다고 때렸다. 그 뒤에도 말 투가 버릇없다고, 표정이 건방지다고, 인사가 마음에 안 든다 고 때렸다.

그야말로 건수만 있으면 무조건 때리고 봤다.

따지고 보면 옥분이 지금처럼 고분고분해진 이유도 여기에 있었다.

옥분도 사람이다.

아무리 자존심이 강하고 대가 세다고 해도 마찬가지다.

도망칠 수도 없고, 그렇다고 맞서 싸울 수 있는 상대도 아니다. 그런데 매일 맞는다.

억울한 것은.

각종 구타의 빌미를 제공하는 명분을 반박할 수 없다는 점이다.

당연했다.

'내가 네놈이랑 보낸 세월이 얼만데!'

적조를 손에 넣고. 마교, 새외, 중원을 손에 넣을 때까지.

혈천신마와 늘 함께 했던 옥분이다.

아무리 둔감하고 남 기분 신경 안 쓰는 이현이라도 옥분이 무슨 생각을 하고 있는지는 훤히 꿰뚫고 있을 수밖에 없다.

실제로 그 낌새를 보고 때리는 것이기도 하고.

'썩을! 맞을 땐 몰랐는데……!'

혜광에게 맞을 땐 말도 안 되는 구실로 몰매질하는 혜광이 이해되지 않았다.

그런데 이제는 이해가 된다.

'이렇게 때려야 불만은 있어도 반발은 없는 거야!'

흔히 못된 것은 빨리 배운다고들 한다.

하물며 원래부터 못되어 먹은 이현이다. 배움의 습득은 타의 추종을 불허했다.

구타라는 영역에 새로운 깨달음을 얻어가는 중이다.

그러나.

깨달음은 깨달음이고, 갈구는 건 갈구는 거다.

"개 뭐?"

양 소매를 걷어붙이고 이현은 으르렁거리듯 옥분의 대답을 재촉했다.

옥분의 이마에서 식은땀이 흘러내리는 것은 당연했다.

잘못하면 또 맞게 생겼으니까.

"……."

물론 그렇다고 달리 변명거리가 있는 것도 아니다. 개 뒤에 이어질 말은 그리 많지 않았으니까.

그중 대부분이 욕인 것은 당연지사.

"……사실대로 말하면 안 때리실 겁니까?"

그저 곧 죽을 것 같은 눈으로 울먹이는 것이 곧 죽을 날 잡아 놓은 환자 같다.

물론, 그런 옥분을 불쌍히 여길 만큼 자애로운 인간상과는 거리가 먼 이현이었다.

"아니. 때릴 건데?"

단호한 대답.

"……사실대로 대답 안 하면요?"

이어지는 옥분의 물음.

물론 이현은 옥분의 거짓말을 용서할 마음도 없었다.

"맞아야지!"

"……!"

옥분은 눈을 감았다.

"……패십시오!"

그리고 비장한 목소리로 답했다.

어쨌든 맞는 건 똑같았다.

또 한 번 폭력이 난무했다.

옥분은 바닥을 빌빌 기고, 이현은 의자에 앉아 느긋하게 그 광경을 살펴보았다.

"자! 이제 일해야지?"

이현은 의욕이 넘쳤다.

"……하시던지요."

반대로 옥분은 세상만사 다 초탈한 얼굴이다.

"어제까지 말한 내용을 종합해 보면. 애초에 마교에서 운영하는 위장상단을 턴 것 자체가 마적 짓이 아니다?"

"……아니죠. 미치지 않고서야 누가 마교 상단을 털겠습니까. 위장상단이라도 마교 고수들이 호위하고 있을 텐데……그만한 능력이 있었으면 애초에 여기서 마적질 하고 있지도 않습니다."

"하긴, 그건 그렇지."

건성건성 대답하는 옥분의 대답에 이현이 고개를 끄덕였다.

생각해 보면 맞는 말이다.

과거 야율한이었을 때야 야율한이 있었으니까 가능했던 일이다.

그땐 마적들도 무서운 것이 없었으니까.

아니, 마적들에게 가장 무서운 존재가 야율한이었으니까라고 하는 것이 옳은 표현일 것이다.

그런데 지금 야율한은 없다.

신강 마적들은 통합되지도 않았으니 그만한 능력도 힘도 없다.

"그럼 누가 훔쳐간 거야?"

"아! 모른다고 말씀드리지 않았습니까! 저도 알고 싶다고요! 어떤 미친놈이 마교 상단을 털어서는!"

축 늘어져 있던 옥분이 버럭 성을 냈다.

그도 그럴 것이 지금 옥분이 처한 이 불행의 시작이 바로 거기에 있었다.

마교 상단이 털리지 않았으면 마교가 마적들을 죽이겠다고 나설 일도 없었고, 그랬다면 지금 이렇게 사로잡혀 이현의 구타를 매일 같이 경험하는 거지 같은 상황에 놓일 일도 없었다.

이게 다 마교의 위장상단을 털어간 정체불명의 누군가로 벌어진 일이다.

"뒈지고 싶냐?"

"……세상에 뒈지고 싶은 사람이 어디 있겠습니까. 그냥 화가 나서 그런 겁니다. 화가 나서!"

"조심해라?"

"옙……!"

잠시 발끈하며 소리를 높였던 옥분의 고개가 아래로 떨어졌다.

변태가 아니고서야 세상에 맞는 것 좋아하는 사람은 없다.

맞기 싫으면 알아서 기어야 한다.

그 절대 불변의 법칙을 머리 좋은 옥분이 모를 리 없었다.

옥분은 자신도 모르는 사이에 조금씩 이현의 폭력에 길들여져 가고 있었다.

"그리고 마교의 일 차 공격을 막은 것도 너희가 아니고?"

"정확히 말하자면 싸우기는 싸웠습니다만."

"그래서? 이겼냐?"

"졌죠."

"그럼 일 차 공격은 어떻게 막은 건데?"

"전에도 말씀드렸다시피 저희는 모릅니다. 어느 날 갑자기 사라진 걸 어떻게 알겠습니까? 그냥 갑자기 사라져서 찾아보니 죄 까마귀밥밖에 없었습니다."

"직접 확인한 건 아니라고 했지?"

"예. 하지만 혈랑대 애들이 확인한 것이니 틀림없을 겁니다."

"그래. 좋아!"

이현은 고개를 끄덕였다.

그간 옥분에게서 들었던 이야기를 다시 간략하게 되물었다.

생각을 정리하기 위해서다.

그리고.

"네 생각은?"

옥분의 생각을 듣기 위해서다.

"그걸 제가 알면 왜 이 고생을 하겠습니까?"

옥분은 고개를 저었다.

'역시, 당연한 건가?'

당연했다.

옥분이 가진 정보는 단편적인 것들밖에 없다. 그것으로 마교를 도발한 범인을 찾아낸다는 것은 불가능한 일이었다.

가능했다면 진즉 찾아냈을 것이다.

이현은 옥분을 가만히 바라보았다.

'이야기하자!'

길고 긴 이야기가 될 것이다. 하지만 결심했다.

"야율한이란 사내가 있었다. 그는 최강이었고, 또한 거침없었다. 그가 힘을 얻은 곳은 이곳 신강이었고……."

야율한에 대한 이야기를 시작했다.

* * *

예상대로 긴 이야기였다.

지금껏 야율한. 아니, 자신이다. 자신의 이야기를 이처럼 누군가에게 오래 이야기해 본 적이 있던가 싶다.

아마 처음일 것이다.

"……이상이다."

이야기가 모두 끝났을 때.

"……"

옥분은 침묵했다.

가만히 입을 닫고 두 눈을 아래로 내리깐다. 질겅질겅 입

술을 씹는 모습을 보아하니 머릿속이 복잡한 모양이다.

"그러니까 지금은 존재하지 않는 과거의 현재에 야율한이라는 희대의 마인이 존재했다는 것입니까? 그리고 저희 적조는…… 아니, 신강의 마적들은 그 야율한을 따르는 수하들이었다는 말씀이시지요?"

"그렇지."

"그리고 야율한은 자신의 힘을 앞세워 마교를 뒤엎고, 새외를 정복하고 마침내 중원 무림마저 손안에 넣는 순간. 정체 모를 힘으로 과거로 회귀했다. 그것도 자신의 필생 호적수였던 무당파 도사님의 몸으로 말입니까?"

"그래."

이야기를 정리하는 옥분의 물음에 이현은 담담히 고개를 끄덕였다.

옥분이 고개를 들고 이현을 바라보았다.

"그게 가능한 이야기입니까?"

"믿기진 않지만, 실제로 그렇게 됐다. 불가능하다는 이야기는 아니겠지."

"어디서 나온 이야기입니까?"

"음……!"

옥분의 질문에 잠시 멈칫했다.

그러나 그것도 잠깐이다.

"무당."

이현은 무당파의 이름을 팔았다.

'뭐, 영 거짓말도 아니니까. 어찌 되었든 이 몸도 무당파 소속인 건 사실이다.'

그다지 반갑지 않지만 지금 이현의 소속은 무당파다.

그러니 영 거짓말도 아닌 셈이다.

어찌 되었든.

무당파의 이름을 판 것은 잘한 일이었다.

"후……!"

옥분은 잠시 뒤에 깊은 한숨을 내쉬었다.

'복잡할 테지.'

이현은 이미 그 심정을 짐작하고 있다는 듯 작게 미소를 지었다.

하지만.

"제가 난 놈인 줄은 알았지만, 그렇게까지 거물이었다니! 그분. 아니 야율한은 그럼 지금 어디에 있는 것입니까? 아! 역시 무당파입니까? 몸이 바뀌어도 혼백은 희대의 마두이니 무당파에서 가만히 내버려 두질 않았겠군요. 아마 지금쯤 어디 깊은 지하 감옥에 갇혔겠지요."

"어째 감탄의 방향이 조금 다르다?"

옥분의 눈이 반짝인다.

스스로가 제 생각보다 훨씬 더 대단한 사람이었다는 것이
즐거운 모양이다.

"그렇잖습니까. 이 변방 적조의 대장인 제가 중원 정복의
중추였다니요! 이건…… 와!"

무슨 행복한 상상의 나래를 펼치고 있는지 짐작도 되지 않
는다.

'이거 내가 기억하는 것보다 더 이상한 놈이었네?'

슬쩍 꺼림칙해지기까지 한다.

그러다 이내.

"아! 그런데 이런 이야기는 제게 왜 말씀하시는 것입니
까?"

옥분이 질문했다.

야율한. 아니, 혈천신마라 불리던 희대의 마두에 관한 이
야기다. 옥분이 그 희대의 마두의 곁을 지킨 수하였다고는 하
지만, 그건 이젠 없는 이야기다.

옥분은 혈천신마를 만난 적도 없고, 얼굴도 모른다.

극비라면 극비로 볼 수 있는 이야기를 이렇게 아무렇지 않
게 해 줄 이유는 없었다.

"알아내. 야율한은 어디에 있는지. 아니, 존재하는지. 존재
하면 그건 과거의 야율한인지, 아니면 야율한의 껍데기를 뒤
집어쓴 또 다른 누구인지."

"제가…… 말입니까?"

옥분이 손가락을 들어 자신을 가리켰다.

"그래."

이현은 당연하다는 듯 고개를 끄덕였다.

'그러려고 사로잡은 것이니까.'

애초에 머리 쓰는 일은 이현과는 맞지 않는다. 뒤틀린 운명이니, 무엇이니 하는 것도 생각만 해도 머리가 지끈거린다.

그런 일을 떠넘길 사람으로 가장 만만한 게 옥분이다.

하지만 그런 사정을 알 리 없는 옥분은 눈을 깜빡였다.

"왜죠?"

왜 자신이냐.

중원 천지에 머리 좋기로 유명한 인간들이 한둘이 아닐진대 왜 하필 신강에서 마적질이나 하고 있는 자신에게 그것을 시키느냐.

그렇게 묻고 있었다.

그러한 장황한 의미가 함축되어있는 물음에 이현의 대답은 간단했다.

"너 머리 좋잖아!"

"제가 말입니까? 어딜 봐서요?"

"관상이 그래. 너는 머리 좋게 생겼어!"

"제 관상이 어딜 봐서 머리 쓸 관상입니까?"

"아니야? 너 머리 못 써? 돌대가리냐?"

이현은 말도 안 되는 억지를 부렸다.

자신이 야율한이었다고 밝힐 수 없는 이상 이렇게 이야기하는 것이 사실상 최선이다.

"아니, 못 쓰는 건 아니지만, 관상이 그럴 관상이 아니라는 말씀입니다만?"

옥분도 자존심은 있어서 또 자신이 머리 못 쓰는 인간이라고는 말 못 한다.

어찌 되었든.

'머리 쓸 관상이라니! 개가 웃을 일이지!'

개가 웃을 일이다.

이현도 알고 옥분도 안다.

옥분의 모습은 어디로 보나 전형적인 천생 마적이다. 그것도 한 손에는 관운장의 애병이라던 여든네 근짜리 청룡언월도를 장난감처럼 휘두르고 나머지 한 손으로는 잘라 낸 적의 수급을 철퇴처럼 휘둘러도 모자라지 않을 관상.

아니, 까놓고 이야기하면 그냥 말을 업고 달려도 전혀 이상할 것 없어 보이는 외모다.

뭐. 상관없다.

일일이 사소한 것 따져 가며 설명할 필요까지는 없으니까.

"헤!"

한마디면 충분했다.

옥분도 알고 있었다.

"못 하겠다고 하면 때려죽이실 겁니까?"

상식이 통하지 않을 것이란 점은.

역시나.

"응!"

상식은 통하지 않았다.

*　　　*　　　*

천마의 방 안은 미향으로 가득 찼다.

바닥엔 신교의 법사가 직접 설치한 진법이 여전히 그 효력을 발휘하고 있었다.

계속되는 꿈.

예지몽이라 해도 좋을 만큼 들어맞고 있다.

하지만 모든 것이 뿌옇다. 검은 장막에 가려져 보이지 않는 것들도 있다. 실제로 보이는 것은 그중 극히 일부분일 뿐이다.

심지어.

천마를 죽였던 그 혈천신마의 얼굴조차 보이지 않는다. 기억나는 건 마지막 순간 보았던 그 눈빛뿐이다.

그렇기에 더욱 꿈을 좇아야 했다.

정신을 혼몽스럽게 하는 미혼향으로 방 안을 가득 채운 것도, 법사를 시켜 방 안에 진법을 설치한 것도 그 불확실한 꿈을 좇기 위함이었다.

혼몽환혼법(昏懜還魂法).

미약한 정신이 돌아오는 법이라는 이름과 달리 꿈속을 좇아 헤매는 술법이다.

불완전한 예지몽을 좇아야 하는 천마에게는 이보다 적당한 술법은 없었다.

벌써 한 달이 훌쩍 넘는 시간을 이 진 안에서 보내고 있다.

헛수고만은 아니다.

조금씩이지만 꿈은 선명해지고 있다. 점점 더 확장되어 그가 죽은 이후로까지 이어지고 있었다. 그의 시선이 닿지 않았던 것도 꿈속에서 보이기 시작했다.

그리고.

번뜩!

천마가 눈을 떴다.

부릅뜬 두 눈의 눈동자는 흔들렸다.

"……."

믿을 수 없는 것을 보았다.

하지만 그건 천마가 그토록 원하던 것이기도 했다.

"네가 혈천신마였구나!"

보았다.

혈천신마의 얼굴을.

그리고.

"알겠군! 지금 무얼 해야 하는지."

혈천신마와 마주하기 위한 준비가 무엇인지 확실히 깨달았다.

第二章

상식이 통하지 않는!

아니, 상식을 허용하지 않는 이현의 강짜는 옥분이 거부할
수 없다.

그저 이현이 원하는 대로 머리를 굴리는 수밖에 없다.

물론, 그렇다고 이현이 억지만 부리는 것은 아니었다.

"말 돌려줘."

적조에게서 압류했던 말을 돌려주었다.

"괜찮겠습니까? 이대로 도망이라도 친다면……."

물론 그 과정에서 반발도 있었다. 정확히 말하자면 반발이
라기보단 염려라는 표현이 맞았다.

지금 이곳에서 청화를 제외하고 이현의 의견에 감히 반발할 수 있는 사람은 없었으니까.

대표적인 인물이 정만이었다.

암묵적으로 의혈단의 우두머리 역할을 하고 있는 정만으로서는 아직 합류하지 못한 적조에게 말을 돌려준다는 것이 걱정되는 것은 당연했다.

적조는 혹여 도망이라도 친다면 다시 잡아들이기 힘든 마적이기 때문이다.

하지만 이현은 단호했다.

"그래서 내 말 무시하시겠다?"

"그, 그럴 리가 있겠습니까!"

그리고 이현은 간단히 그러한 염려를 묵살했다.

옥분도 그런 이현의 결정을 이해하기 힘든 듯했다.

"왜 이러십니까? 아직 저는 도사님께 완전히 충성하지는 않았습니다만?"

"그래서 도망칠 거야?"

"도망치다 다시 잡히면? 죽이실 거죠?"

"아니? 죽도록 팰 건데?"

"곱게 죽여 주시면 안 되겠습니까?"

"칼 맞았냐? 내가 무슨 부처님 가운데 토막이야? 왜 그딴 짓을 해?"

옥분의 소박한 바람은 무시했다.

개기는 놈은 철저히 응징한다. 배신도 철저히 응징한다.

그러니 곱게 죽이지 않는다.

"어차피 도망칠 생각도 없잖아. 마음에도 없는 소리 집어 치우고 넌 시킨 일이나 잘해!"

"넵!"

옥분도 군말 없이 고개를 끄덕이고 돌아갔다.

그리고.

"이 지렁이만도 못한 것아! 지렁이도 이만큼 가르쳤으면 벌써 대성했겠다!"

"이씨! 아니거든? 이건 그냥 네가 제대로 못 가르쳐서 이렇거든?"

지독한 몸치로 이현의 복장을 뒤집어 놓는 청화도 걱정했다.

"그런데 괜찮은 거야? 옥분이라는 아저씨 말이야. 자존심 강하다면서? 지금도 그저 어쩔 수 없이 따르는 거라면서! 도망치면 어떻게 하려고?"

이야기했다.

옥분이 얼마나 마적답지 않게 자존심이 강한 인간인지.

사실상 지금 옥분이 군말 없이 이현을 따르는 것도 상황이 어쩔 수 없어서일 뿐이라는 것을.

어찌 되었든 설명해야 한다.

키는 쥐똥만 한 것이 궁금한 건 쓸데없이 많은 청화다. 거기다 고집은 또 얼마나 강한지, 납득할 만한 설명을 해 주지 않으면 결코 질문을 멈추지 않는다.

괜히 귀찮게 달라붙게 할 바에야 일찌감치 설명해 주는 편이 나았다.

"도망가라고 해도 안가! 자존심이고 나발이고 머리 좋은 놈이야. 지 기분 때문에 수하들 전체를 죽을 자리로 들이 밀 만큼 무책임한 놈도 아니고."

"무슨 뜻이야?"

"마교 놈들이 두 눈 벌게져서 마적 놈들 때려잡으려고 설쳐 대는데 그놈들이 미쳤다고 여기서 도망치겠냐? 지금 신강에서 가장 안전한 곳이 여기라고!"

"아! 그렇구나!"

다행히 청화가 몸은 기준치 미달이라도, 머리까지 기준치 미달은 아니었다.

이현이 하는 말이 무슨 뜻인지 알아들은 눈치였다.

"마교도 여기는 쉽게 건드리지 못할 테니까?"

"그렇지."

이곳은 마교가 섣불리 건드릴 수 없는 곳이다.

의혈단의 인원만 일천이 넘는다. 그중 삼분지 일은 녹림십팔채에 일원이었던 이들이다. 아무리 마교라도 비슷한 전력에, 마냥 무시할 수만은 없는 면면을 자랑하는 이들이 포진한 의혈단을 함부로 건드릴 수는 없었다.

하물며.

이현과 청화는 무당파의 사람이다.

그것도 천하십대고수로 불리는 태극검제의 제자와 사저란 신분이다.

잘못 건드렸다가는 정마대전으로 번질 수도 있는 껄끄러운 상대인 것이다.

옥분이 갖은 구타를 당하면서도 이곳에 붙어 있는 것도 그 때문이다.

신강에서 이곳이 제일 안전한 곳이니까.

"머리 좋은 놈이라고 했잖아. 그런 놈이 뭐 하러 위험을 자초하겠냐?"

"그래도 언젠간 마음을 얻어야 할 것 아니야."

"쓸데없는 데 신경 쓰지 말고 수련이나 똑바로 해! 너 이러다가 병아리들한테 추월당한다?"

"이익! 아무렴 내가 걔네들한테 추월당할 것 같아?"

연이어 궁금증을 드러내던 청화가 소동들을 언급하는 이현의 핀잔에 발끈했다.

"확실히! 지금 하는 꼴을 보면!"

"이씨! 해! 한다고!"

그러면서도 내심 위기의식을 느꼈는지 발끈하며 다시 수련에 집중한다.

자신보다 어린. 배분도 한참 비교할 수 없는.

심지어 태극구공을 접한 것도 훨씬 늦은 소동들에게 추월당한다는 것은 매사에 천하태평인 청화로서도 위기감을 느끼게 하는 듯했다.

진지하게 청화가 수련에 임한다.

어깨너비로 두 발을 벌리고 마보를 취한다. 양팔은 힘을 빼고 넓게 활개를 펼치고, 서서히 몸의 균형을 이동시킨다.

그런 청화의 움직임에 따라 철구가 타고 흐른다.

아교라도 붙은 듯 단단히, 그러면서도 마치 기름이라도 바른 듯 부드럽게 움직이는 신체를 타고 흘러내려 간다.

씨익!

그 모습을 지켜보던 이현의 입가에 미소가 번졌다.

'뭐, 이 정도면…….'

청화를 타박했지만, 현재 펼쳐내고 있는 태극구공이 영 못 볼 만한 수준은 아니다.

아니, 사실대로 말하자면.

'인간 승리지! 이 정도면. 이 몸의 인간 승리!'

인간 승리에 가까운 장족의 발전이다.

몸치에 가까웠던 청화를 지금의 수준까지 끌어올리기 위해 얼마나 많은 피눈물을 흘렸던가.

그 결과가 드디어 눈에 나타나기 시작했다.

'이제 슬슬 다음 단계로 넘어가야지?'

청화의 성취를. 아니, 본인이 이룩해 낸 인간 승리의 결과물을 내심 흐뭇하게 바라보던 이현이 작게 고개를 끄덕였다.

이제 슬슬 다음 단계로 넘어가도 될 듯했다.

'좋아!'

모든 것이 순조로웠다.

*   *   *

재수 없는 놈은 뒤로 넘어져도 코가 깨진다고 했다.

그리고 이현이 재수 좋은 인간은 아니다.

재수 좋은 인간이었으면 애초부터 이렇게 몸 바뀐 채로 과거로 넘어와 태극검제와 혜광의 구타를 온몸으로 받아 내지는 않았을 것이다.

아무튼, 그 빌어먹을 재수는 이번에도 발목을 잡았다.

모처럼 만에 모든 것이 마음에 들었던 이현의 발목을 잡은 것은 뜻밖에 사소한 것이었다.

"식량이 부족하다!"

식량이 떨어지고 있다.

당연했다.

이현이 이곳 신강까지 온 것은 계획된 일이었다.

하지만, 그 계획에는 의혈단은 없었다.

당연히 미리 넉넉하게 식량을 준비해 오지도 않았다. 적조를 사로잡은 이후 지금까지 이현과 의혈단이 축냈던 식량들은 모두 적조가 혈란에 모아 놓았던 것이다.

이백 남짓한 규모인 적조의 입장에서는 석 달은 넘게 버틸 수 있는 양이다.

하지만, 이현과 의혈단이라는 아귀 같은 군식구가 끼어버리면 이야기는 달라진다.

보름 남짓.

슬슬 혈란에 비축되어 있던 식량도 바닥을 보이기 시작했다.

소식을 들은 이현은 곧장 사람들을 소집했다.

주린 배를 채우기 위해 발버둥쳤던 야율한의 어린 시절, 과거로 되돌아온 이후 벽곡단으로 끼니를 연명해야 했던 참회동에서의 생활.

이후에도 먹을 것으로 당한 서러움은 많았다.

혜광이라는 만악의 근원 때문에 참회동에서 나온 이후에도 계속 풀떼기만 뜯어먹어야 했고, 심지어 신강으로 오는 길에는 혜광의 식도락을 위해 모든 희생을 감수해야했다.

이제 겨우 혜광의 손아귀에서 벗어났다.

그것도 잠시의 자유다.

그 자유를 허기와 풀떼기로 연명할 생각 따위는 없었다.

"얼마나 남았어?"

"빠듯하게 버틴다면 대략 한 달 정도……."

이현의 물음에 불려 온 귀노가 대답했다.

귀노는 흑점의 지부장씩이나 했던 인물이다. 거북이처럼 주름진 목을 길게 빼고 있어 거북이 노인. 귀노라 불렀다.

그리고 그가 흑점 지부를 관리하던 특기를 살려, 의혈단의 살림을 책임지고 있었다.

꿈틀!

귀노의 대답에 이현의 눈썹이 역 팔(八)자를 그렸다.

"넉넉하게 버티면?"

"대략 열흘입니다만…… 자, 잘만 버티면 보름 정도이지요! 예! 아니, 아니! 애들 굶기면 스무날은 버틸 수 있습니다! 예! 저부터 굶겠습니다!"

의혈단의 살림을 책임지는 만큼 식량이 떨어졌다는 죄로 치도곤을 당할까 벌벌 떠는 모습이다.

"끄응……!"

이현의 입에서 앓는 소리가 났다.

욕심에 부족하게 버틸 생각은 없다.

최소 지금의 식단 그대로.

그 정도는 유지해야 한다.

'그렇다고 저놈들 굶길 수도 없는 노릇이고……..'

의혈단을 굶기면 스무날은 버틸 수 있다고 했지만, 그것도 내키지는 않는다.

없던 동료애가 생겨서도 아니고, 배려심이 생겨서도 아니다.

'배고파서 눈 돌아가면 골치 아프지!'

혜광과 함께 있었다면 고민할 것도 없이 굶겼을 것이다.

하지만 지금은 혜광이 없다.

지금껏 공포에 사로잡혀 고분고분했던 놈들이 배고파서 눈 돌아가기 시작하면 골치 아파진다.

무서운 것은 아니다.

과거 혈천신마였을 때의 무위를 되찾은 것은 아니니 홀로 이 많은 인원을 상대할 수는 없다.

그렇다고 고작 이따위 놈들에게 죽을 걱정하는 것은 아니다. 죽이면 죽었지, 이들만으로는 절대 자신을 해할 수 없다는 것을 잘 알고 있는 이현이다.

'여차하면 치고 빠지는 식으로 하면 되니까!'

일신의 무위에는 자신이 있다.

아무리 숫자가 많아도 치고 빠지는 식으로 상대한다면 닷새면 정리할 수 있다.

그만한 경험과 능력이 있으니까.

문제는.

'빌어먹을 쥐똥!'

쥐똥.

청화다.

혼자면 걱정이 없는데, 청화까지 끼면 귀찮다.

지독한 몸치인 청화가 닳고 닳은 의혈단을 상대할 수 있을 리도 만무했으니, 순전히 처음부터 끝까지 이현이 지켜야 한다.

그러다 자칫 청화의 몸에 상처라도 나면?

'그 미치광이 노인네가 가만히 있을 리가 없지!'

나중에라도 혜광이 가만히 있을 리 없다.

좋은 기회를 잡았다고 군침 흘리며 달려들 것이다.

물론, 이현을 패기 위해서.

눈 돌아간 의혈단이 무서운 것이 아니라, 광기로 눈알 번들거리는 혜광이라는 대재앙이 무서웠다.

그러니 굶길 수는 없다.

"굶긴 왜 굶어! 쓸데없는 헛소리 하지 말고 대안이나 이야기해!"

괜히 혜광이 떠올라 목소리까지 신경질적으로 나왔다.

그런데.

"아!"

"역시! 도사님이십니다! 도사님의 자비로운 마음 씀씀이에 이 정만 감복! 또 감복하였습니다!"

어쩐 분위기가 이상하다.

귀노는 왈칵 눈물이라도 쏟아낼 듯한 표정으로 감탄사를 터트리고, 함께 불려 온 정만은 당장 무릎이라도 꿇을 기세로 목소리를 높여 댄다.

굶기지 않겠다는 이현의 말 때문이다.

그 말이 본인들을 이현과 같은 존재. 아니, 그보다 못해도 최소한 수하로, 동료로 인정했다는 의미로 받아들인 듯했다.

정작 이현은 심드렁했다.

애초에 그럴 생각도 없었고, 귀노와 정만이 왜 이런 표정을 짓고 있는지 살필 마음도 없었다.

그렇기에.

'이것들이 단체로 약 처먹었나?'

이상하게 보일 수밖에.

"개수작 부리지 빨리 짱돌이나 굴려 봐!"

본인도 모르는 사이에 의혈단의 충성심을 고양했다는 사실도 모르는 채 이현은 수하들을 닦달했다.

사실, 알아도 크게 좋아하진 않았을 것이다.

충성을 하든 말든 뒈지기 싫으면 알아서 기어야 한다는 것이 이현의 기본 사상이었으니까.

어쨌든 본의 아니게 수하들의 열정을 불어넣은 효과는 좋았다.

대표적인 예가 정만이다.

"하하하! 도사님도 참 별걱정을 다 하십니까! 저희가 있지 않습니까! 저희가! 다 알아서 하겠습니다! 그러니 도사님께서는 걱정 붙들어 매십시오!"

곰 발바닥 같은 손으로 가슴을 퍽퍽 치며 장담한다.

"그러니까 무슨 수로?"

"에이! 제가 누굽니까? 그래도 한때는 녹림십팔채에서 망룡채를 이끌던 놈이 아닙니까! 적당한 데 자리 잡고 애들 털면……."

녹림십팔채의 일원.

망룡채의 주인.

그리고 그런 정만이 현재 몸담고 있는 곳은 의혈단이다.

산적과 흑도의 파락호들을 집어삼켜 온 폭풍의 주인공.

적조까지 흡수함으로써 마적도 그들의 상대가 될 수 없음을 확인했다.

그러니 정만이 이처럼 당당할 수 있었던 것이다.

"털어? 누굴?"

하지만.

"그, 그야 마적 놈들이겠지요?"

"마적 놈들이 미쳤냐? 걔네는 눈깔도 없어? 걔네가 미치지 않고서야 니들한테 잡힐 것 같으냐?"

이현의 귀에는 모두 개소리로밖에 들리지 않았다.

이곳은 신강이다.

신강의 지형 대부분이 넓게 트인 광야다. 곳곳에 산이 있고 물길이 있다고 하지만 그건 극히 일부에 불과하다.

그리고.

마적은 말을 탄다.

적조와 같은 상황이 아니고서야 말 탄 그들이 평지에서 의혈단의 손에 붙잡히는 일은 없다. 하물며. 평지로 가득한 신강의 지형은 마적들에게는 사방천지가 길이나 다름없는 곳이다.

길목을 선점한다는 지리적 이점도 얻을 수 없다.

한마디로 말도 안 되는 계책이다.

"자꾸 헛소리 지껄일 거면 그냥 입 다물고 찌그러져 있어! 뒈지기 싫으면!"

당연히 이현의 입에서 나오는 말이 고울 리 없다.

"옙!"

이현의 으름장에 정만이 목을 움츠리고 고개를 숙인다.

그사이.

이현은 고개를 돌려 다른 한 사람을 바라보았다.

이현의 소집 명령에 불려 온 또 한 사람.

사실 정만은 기대하지도 않았다. 이현이 기대한 사람은 따로 있었다.

"너는? 무슨 생각 없냐?"

"아…… 저 말씀이십니까?"

"그래! 너! 그나마 여기서 짱구 굴릴 줄 아는 놈은 너밖에 없잖아. 안 그래?"

"저 머리 안 좋다니까요?"

"그래서! 전혀 아무런 생각도 없으시다? 이야! 우리 옥분이 요즘 아주 뒈지고 싶은가 봐?"

으드득!

적조 대장. 옥분.

이현이 이 상황을 타개할 계책을 얻을 수 있을 것이라 기대한 인물이었다.

내내 한 발자국 물러서서 방관하듯 자리만 지키고 있던 그를 향해 이현이 주먹을 소리 나게 악 쥐며 다가섰다.

누가 봐도 주먹질을 시작할 분위기다.

지겹게 이현의 구타를 몸으로 겪어 본 옥분이 어깨를 움찔거리는 것은 자연스러운 조건반사였다.

옥분은 억울했다.

"아! 왜 이러십니까! 저 아직 부하 된다고 하지 않았습니다! 자꾸 왜 이렇게 불러내서 이러십니까. 정말?"

아직 충성을 맹세하지 않았다.

살려주겠다는 이현의 제의도 보류로 은근히 밀어 둔 지 오래다.

그런데도 이현은 꼬박꼬박 불러서 제집 똥개 패듯 패고 부려 먹으니 억울하기 짝이 없는 일이었다.

"그리고 없습니다! 저 그렇게 도사님이 생각하시는 것만큼 머리 좋은 놈 아니라니까요!"

피식!

이현은 웃었다.

옥분의 투정 따위는 전혀 신경 쓰지 않았다.

"있을 거야! 아니, 있어야만 해."

옥분을 설득하는 것 대신 툭 하고 의미심장한 말을 내뱉는다.

그 사이에도 이현은 한 발자국씩 옥분을 향해 다가가고 있었다.

"왜, 왜입니까?"

옥분은 긴장했다.

식은땀을 흘리는 그 모습에 이현의 입가에 걸린 웃음도 더욱 짙어졌다.

섬뜩해질 만큼 짙은 미소다.

그 미소로 답했다.

"식량이 떨어지면 나는 배가 고파질 테지?"

"그, 그렇겠죠?"

"그럼 몹시 예민해지겠지?"

"그, 그렇죠?"

"성질도 더러워질 거야. 지금처럼 비단결 같은 마음씨도 모래바람처럼 막 꺼끌꺼끌해질 테고?"

"그, 그런데요?"

"그럼 너는 무사할까?"

이현의 질문.

"……아!"

동시에 옥분의 입에서 깊은 탄식이 흘러나왔다.

"그냥 곱게 죽여 주시면 안 되겠습니까?"

"네 눈엔 내가 그럴 만한 위인으로 보이냐?"

"아니죠."

"잘 아네."

질문에 질문이 돌아오고, 대답에 대답이 돌아왔다.

참으로 간결한 대화였다.

하지만 결과는 간단했다.

'뒈지기 싫으면 해야지. 뒈지기 싫으면!'

옥분은 결국 이현의 뜻대로 머리를 굴리게 되어 있었다.

예상은 맞았다.

"하……!"

결국, 옥분의 입에서 깊은 한숨이 새어 나왔다.

그도 살려면 어쩔 수가 없었다. 아니, 곱게 죽기 위해서라도 결국 이현의 뜻대로 움직일 수밖에 없는 처지였다.

"일단 의혈단주님께서 말씀하신 것도 일리는 있습니다. 하지만 그건 시일을 두고 호수에 낚싯대를 드리운 강태공의 심정으로 진행해야 하는 일이니, 당장 급한 불을 끌 수 있는 계책이 필요하다는 것이 저의……!"

"잡설 빼고."

"신강에 흔한 동물이 있습니다. 산양입니다. 이 근방에도 산양의 서식지가 몇 곳 존재합니다. 산양이란 동물은 본디 절벽도 자유롭게 움직이는 데다가, 워낙 이동 속도도 빨라서……!"

"그래서 당장은 산양을 잡자?"

"그렇습니다."

설명이 장황하게 이어질 기미가 보이면 이현이 곧장 끊었다.

옥분으로서는 영 김빠지는 일이었지만, 이현이 그런 것까지 신경 쓸 만큼 자상한 인간은 아니었다.

"좋네! 짜식! 거 봐! 머리 쓰면 되잖아! 어차피 할 거면서 앙탈이야! 앙탈이! 너 한 번만 더 튕기면 조동아리 확 잡아 찢어 버린다?"

그런 두 사람의 모습을 지켜보는 눈이 있었다.

정만이다.

앞서 이현의 면박에 풀 죽어 있던 정만은 두 사람의 살기 애애한 모습을 지켜보며 데구루루 눈알을 굴렸다.

그리고.

"저…… 도사님?"

조심스럽게 손을 든다.

"왜?"

그러나 돌아오는 것은 이현의 심드렁한 대답.

평소라면 이미 이쯤에서 움찔하면서 물러섰을 정만이었지만, 오늘만큼은 달랐다.

"저도 방금 좋은 생각이 났는데 말입니다?"

"어. 넣어 둬."

큰마음 먹고 이야기했을 정만이지만, 돌아오는 대답이 어쩨 시큰둥했다.

이현에게는 크게 이상할 것 없는 반응이다.

'어차피 저놈 머리도 쓸 만한 머리는 아니니까.'

정만이 두뇌파가 아니란 건 이현도 알고 있다. 그러니 정만의 입에서 나오는 이야기도 별 시답지 않은 것이리라 여겼다.

괜히 말 섞어 봐야 시간만 아깝다.

그런데.

오늘 정만은 쉽게 포기하지 않았다.

"그래도 진짜 좋은 생각인데 말입니다?"

"어! 알았으니까. 조용히 하자? 아직 이놈이랑 이야기 안 끝났으니까. 뒈지기 싫으면? 알았지? 자! 그래. 옥분아 그럼 당장 급한 대로 산양을 잡고, 급한 불을 끄고 나면? 그땐 또 어떻게 할 생각이냐?"

"아! 그건 지내는 시일에 따라 조금 달라질 것 같은데 우선……."

정만의 이야기를 무시하고 옥분과의 대화를 이어 갔다.

이편이 훨씬 건설적이다.

"저 솔직히 제가 산적이지 사냥꾼은 아니지 않습니까? 명색에 녹림십팔채의 일원이었던 제가 모양 빠지게 산양이나 잡고 앉아 있는 건 영…… 그보다 차라리 말입니다?"

또 정만이 끼어들었다.

오늘따라 질겼다.

그리고.

오늘도 역시 참을성이라고는 개미 오줌만큼도 없는 이현이었다.

뻐억!

순간적으로 뻗은 이현의 정권에 실린 경력이 허공을 격하고 정만을 후려쳤다.

"꾸웩!"

예기치도 못한 한 방!

정만은 돼지 외마디 비명과 함께 날아가 한쪽 벽에 처박혔다.

그런 정만의 머리 위로.

"입 꽉 다물고 있어라? 뒈지기 싫으면?"

이현이 으르렁거렸다.

진짜다.

진짜 여기서 정만이 한마디만 더 하면 이현은 그대로 정만의 모가지를 꺾을 작정이었다.

"하여간 덩치는 산만 한 게 뭐 마려운 똥개처럼 왜 이렇게 낑낑거려? 성가시게!"

"……죄송합니다."

정만이 고개를 숙였다.

비 맞은. 아니, 주인에게 버림받은 강아지처럼 풀 죽은 모습이었다.

          *   *   *

서운했다.

발단은 지난 회의 때였다.

이현은 정만의 의견을 깔끔히 무시했다.

그런데!

'그런데 왜 그딴 놈 말은……! 생긴 건 꼭 산적 같은 놈이 머리를 쓰면 얼마나 쓴다고!'

이현은 단 한 사람의 말은 유독 관심 깊게 받아들였다.

전직 녹림십팔채의 일원인 망룡채의 채주인 정만의 눈에도 영락없는 산적으로 보이는 마적 두목 옥분의 말에만!

철저히 소외당했다.

심지어 그 자리에는 정만의 아랫사람인 귀노까지 함께 했던 자리였다.

그날 느꼈던 지독한 소외감도 소외감이고, 그날 있었던 일이 밖으로 퍼져 나간 것도 낯부끄러운 일이다.

명색에 암묵적인 의혈단의 일인자였던 그의 자존심은 철저히 무너졌다.

이젠 배신감마저 들 정도다.

'내가 도사님께 어떻게 했는데! 도사님 고기반찬 먹이려고

같은 녹림채 산채도 털었는데!'

아닌 말로 정말 열심히 일했다.

같은 녹림십팔채의 동료까지 털었다. 산적으로서의 자존심과 명성을 내던지는 일이었지만 했다.

물론, 그것이 순전히 이현을 위해서는 아니었다.

그저 제 한 몸 당장 편해지고자 했던 일이다. 그래도 절대 쉬운 일은 아니다. 또 어디 그뿐인가! 가는 길에 걸리는 산채란 산채는 물론, 흑도 파락호들까지 모조리 굴복시켜 의혈단으로 편입시켰다.

그야말로 견마지로다.

정말 개처럼 일했다.

'그런데 어떻게 나한테 이러실 수 있단 말인가!'

그럼에도 철저히 무시당하고 소외당했다.

고작 조그마한 마적 나부랭이한테.

이현과 함께 보낸 시간도 훨씬 모자란 놈한테.

그날 맞아서 아픈 것 보다, 고작 마적 나부랭이 두목인 옥분에게 관심을 빼앗겼다는 데에서 오는 배신감과 서운함에 가슴이 아픈 것이 더욱 컸다.

흔히 여인의 투기는 세상의 무엇보다 무섭다 했다.

틀렸다.

남자의 투기야말로 세상에서 가장 지독하고 무섭다. 그리고. 남자라는 동물은 의외로 좀스러운 종족이다.

그 좀스러운 종족이 질투로 눈이 멀었을 때.

그럼에도 그 질투를 분출할 곳이 없을 때.

때때로 전혀 엉뚱한 방향으로 표출되고는 한다.

바로 지금처럼.

"이렇게 된 이상 우리가 더 많이 잡는다!"

산양을 잡아야 한다.

이현이 명령했으니 따라야 했다.

현재 산양 사냥에 의혈단은 물론, 적조까지 투입한 상태.

편의상 의혈단과 적조는 각자 행동하고 있는 상황.

옥분에게 빼앗긴 이현의 관심을 되찾아오기 위해서라도 이번에 제대로 된 성과를 보여야 했다.

가능성은 충분하다 못해 넘쳐흘렀다.

'산양은 주로 절벽 등지에 서식한다! 더욱이 숫자도 우리가 훨씬 많다!'

산양의 주된 서식지는 가파른 절벽 등지다. 천적으로부터 몸을 보호할 수 있는 천해의 요새이기 때문이다.

그러니 말을 이용할 수 없다. 마적들은 자신들의 장점인 기동성을 발휘할 수 없다.

어디 그뿐인가.

숫자도 의혈단이 훨씬 많다. 숫자로는 감히 비교하는 것조

차 부끄러울 정도다. 그중 삼분지 일은 또 산 타는 일에 이골
이 난 산적 출신이다.

적조보다 산양 사냥을 못 할 리 없다.

"잡아!"

무조건 적조보다 많이 잡아야 한다.

"닥치는 대로 다 쓸어!"

의혈단을 이끄는 정만은 누구보다 먼저 앞장서 절벽을 올
랐다.

해가 진 뒤.

"……."

정만은 말없이 눈만 끔뻑였다.

"야!"

그런 정만에게 꽂히는 이현의 시선은 차갑기만 했다.

"넵?"

"반항하냐?"

"그, 그럴 리가요."

"그런데 고작 다섯 마리? 사냥한다고 전부 끌고 나가서
고작 다섯 마리? 이걸 누구 코에 붙이라고?"

이현의 지적이 날카로운 비수가 되어 가슴을 헤집었다.

다섯 마리.

산양 사냥하겠다고 일천이 넘는 의혈단 전원을 끌고 나가 거둔 성적이다.

　정만도 설마 자신들이 고작 다섯 마리밖에 잡지 못할 것이라고는 상상조차 하지 못했었다.

　전혀 예상하지도 않았던 참담한 결과다.

　그래도 변을 하자면.

　"애들이 얼마나 잘 뛰는지⋯⋯."

　잘 뛰었다.

　"애들? 누가?"

　"산양이⋯⋯."

　산양이.

　산양이 괜히 절벽에 보금자리를 마련한 것이 아니었다. 그 가파른 절벽을 어찌나 펄쩍펄쩍 잘 뛰어다니는지 도저히 사람이 따라잡을 수 있는 속도가 아니었다.

　그런 산양을 잡으려다가 자칫 의혈단 애들이 절벽에서 떨어져 죽을 뻔했었다.

　"그럼? 쟤네가 잡은 건? 굼벵이냐?"

　그런 정만의 변명에 이현이 가리킨 건 적조가 잡아 온 산양들이었다.

　족히 서른의 산양이 적조와 그들의 우두머리인 옥분의 앞에 놓여 있었다.

비교되는 결과다.

훨씬 많은 숫자를 동원하고도. 심지어 그중 삼분지 일은 전직 산적이라는 경험이 있었음에도!

말 못 타면 병신이란 소리 듣는 적조가 사냥한 결과물에 한참 못 미쳤다.

입이 열 개라도 할 말이 없다.

"죄송합니다."

참담한 심정으로 고개를 숙였다.

그보다 더 자존심 상하는 것은 이후 이어진 이현의 핀잔이었다.

"됐어! 너희가 그렇지 뭐."

철저하기 무시하는 듯한 말투.

아니, 그것이 아니다. 그런 건 차라리 낫다.

"야! 잘 잡았는데? 무슨 수로 잡았냐? 음…… 올무? 역시 머리 좋은 놈은 달라도 달라. 안 그래?"

옥분을 향한 이현의 칭찬이었다.

으득!

정만은 이를 악물었다.

'다음에는 기필코……!'

다음 사냥에서는 반드시 이긴다.

정만의 두 눈이 뜨겁게 불타올랐다.

*   *   *

첫 사냥에서 설마 적조가 올무와 활을 사용할지 몰랐다.

그래서 처참하게 패했다.

하지만 지금은 다르다.

덫 만드는 건 의혈단도 어디 빠지지 않는다. 산적 출신에 흑도 파락호 출신이니 온갖 다양한 덫과 함정을 만들어 낼 능력이 있었다.

활도 마찬가지다.

말 위에서도 활을 쏘아내는 마적들에 비해 정확도 면에서는 떨어질지 모른다.

그러나 부족한 정확도를 숫자로 채우면 된다.

하늘을 가득 메우며 떨어지는 화살이라면 누구도 피할 수 없으리라.

"그러니 오늘은 우리가 이긴다!"

어제는 비록 한참 뒤졌지만.

오늘만큼은 반드시 의혈단이 적조보다 많은 산양을 사냥할 것이다.

정만은 확신했다.

그날 저녁.

"……."

정만은 또다시 꿀 먹은 벙어리가 되어야만 했다.

쉰 마리.

첫날의 성적에 비하면 불과 하루 사이에 이루어 낸 크나큰
발전이다.

하지만 그 옆에.

"이야! 많네? 얼추 의혈단 애들 보다 두 배는 잡아 온 것
같은데? 어떻게 잡았냐?"

이현의 말대로 적조가 잡아 온 산양의 양은 족히 의혈단이
잡아 온 산양의 양보다 두 배는 됨직했다.

피떡이 된 산양의 사체가 한 무더기로 쌓여 있다.

"별것 아닙니다. 길목을 차단하고 낭떠러지로 몰아 떨어지
게 하였습니다."

'그런 방법이!'

이어지는 옥분의 대답에 정만은 머리를 한 대 맞은 듯한
충격을 받았다.

그리고.

"이야! 역시 머리 좋아! 그래. 자잘하게 한두 마리 잡아서
언제 다 잡아? 안 그래?"

"크윽!"

옥분을 칭찬하는 이현의 목소리가 또 한 번 정만의 마음을 뒤집어 놓았다.

오늘이야말로!

이번이야말로!

"반드시 이긴다!"

산양 사냥을 향한 정만의 경쟁심은 이미 극에 달한 지 오래였다.

속된 말로 눈이 돌아갔다.

의혈단을 향한 정만의 요구는 더욱 강력해졌고, 그만큼 의혈단에 가해지는 부담과 고통도 더욱 커졌다.

그러나 어쩔 수 없다.

폭주를 시작한 정만을 막을 수 있는 사람은 의혈단 내에서는 아무도 없었다.

막을 수 있는 사람은 이현뿐.

하지만 이현은 그런 정만의 폭주에 관심이 없었다. 아니, 폭주하고 있는지도 몰랐다.

그 무관심이 정만을 더욱 불타오르게 했다.

하지만!

그럼에도!

"이번에도 적조가 많네?"

산양 사냥의 결과는 항상 적조의 압도적인 승리다.

정만이 아무리 미쳐 날뛰어도, 아무리 의혈단을 독촉해도 이상하게도 항상 더 많은 산양을 사냥해 오는 것은 적조였다.

그럴수록 정만의 패배감과 자멸감은 더욱 커져만 갔다.

그렇게 하루.

또 하루.

열흘이란 시간이 흘렀다.

그리고 마침내!

"오! 이번엔 의혈단이 더 많은데?"

드디어 이겼다.

의외라는 듯. 약간 놀란 듯한 이현의 목소리가 마치 극락의 음률처럼 달콤하게 들려올 정도였다.

'내가! 이 정만이 이 말을 듣기 위해!'

계속되는 패배감 속에서 찾아온 기쁨은 전율에 가까웠다.

이현의 말을 음미하며 부르르 떠는 정만의 모습은 어디로 보나 정상은 아니었다.

물론, 이현은 그런 정만의 상태에 관심이 없었다.

다만 의혈단만이 그런 정만의 광기에 가득 찬 모습을 공포심에 젖은 눈빛으로 바라볼 뿐이었다.

"그런데 왜 죄다 혀 빼물고 죽었냐? 입에 거품까지 물었네?"

이어지는 이현의 질문.

그 질문에 정만은 당당히 가슴을 폈다.

'드디어 무식하다고 무시당했던 지난날들을 보상받을 때다!'

매번 적조의 뒷북만 쳤던 의혈단이다.

다시 말하자면 옥분의 계책을 따라 하기 바빴던 정만이었던 것이다.

이현이 정만을 관심에 두지 않고 무시했던 것도 따지고 보면 그것 때문이다.

무식하다고.

'하지만 이제는 그런 인식을 바꾸어 놓을 것이다!'

그러나 이제는 무식하다 하지 못할 것이다.

그러한 기대감을 안고 크게 소리쳐 답했다.

"독 먹였습니다! 귀찮게 덫 놓을 필요도 없고, 위험하게 절벽 타고 산양 몰이할 필요도 없으니까 이것이야말로 가장 간단한 사냥 방법이지 않습니까!"

그야말로 획기적인 사냥 방법이다.

'이제 칭찬해 주실 것이다!'

그러니 이현도 다시 볼 것이다. 기발한 발상을 칭찬해 주고 무식하다는 선입견을 거두어 줄 것이다.

그렇게 믿었다.

"야."

"옙! 말씀하십시오!"

그래서 이현의 낮은 부름에 답하는 목소리도 힘이 찼다.

빠악!

하지만 기대로 가득 찬 정만에게 돌아온 것은 이현의 묵직한 주먹이었다.

복부로 틀어박히는 주먹에 실린 경력은 정만의 오장육부를 단번에 뒤흔들어 버리기 충분했다.

"왜, 왜?"

그럼에도 정만은 고통보다 의문이 먼저였다.

아픈 배를 부여잡으면서도 두 눈을 부릅뜨고 답을 구했다.

그런 정만을 이현은 한심하다는 듯 바라보았다.

"독 먹고 뒈진 걸 어떻게 먹어! 이 무식한 놈아! 네가 다 처먹고 같이 죽을래? 엉?"

"……아!"

그제야 깨달았다.

잡은 산양은 먹어야 하는 식량이다.

독에 중독되어 죽은 산양을 잡아먹으면 똑같이 중독되고 만다.

"아오! 이 무식한 자식! 너는 머리를 장식으로 달고 다니지? 엉?"

이어지는 이현의 무지막지한 구타.

그 구타보다 아픈 것은 한심하다는 듯 바라보는 이현의 차가운 시선이었다.

第三章

사내란 인정받고 싶어 한다.

왜 그런 말도 있지 않은가.

남자는 자신을 알아주는 주군을 위해 목숨마저 바친다는.

정만도 사내다.

그 또한 인정받고 싶은 마음이 없을 리 없다.

실지로 의혈단에 들기 전. 아니, 옥분을 만나기 전까지만
해도 정만은 항상 인정받는 사람이었다.

의혈단에 들기 전에는 녹림십팔채의 일원으로!

의혈단에 든 뒤로는 의혈단의 암묵적인 일인자로!

그러나 이제 인정받지 못한다.

의혈단의 주인이라 할 수 있는 이현의 관심과 인정은 이제 오로지 옥분과 적조에게만 가 있었다.

그사이 식량 수급 체제도 많은 변화가 있었지만, 달라진 것은 없었다.

인근 군벌과 암거래로 야생마와 군량을 맞바꾸고, 인근 마을과 식량과 금품을 맞바꿀 때도.

정만과 의혈단은 늘 뒷전이었다.

아니, 식량 수급 체제의 변화 이후 정만과 의혈단의 소외는 더욱 심해지고 있었다.

그리고.

그러한 소외가 곧 변화를 만들었다.

"저도 말은 좀 타는데 말입니다?"

"저, 저희 부모님 고향이 신강이라지 않습니까? 그래서 그런지 몰라서 나면서부터 말을 잘 타서 어렸을 때는 장군감이라고……."

의혈단은 기본적으로 바른 생활과 거리가 먼 족속들로 만들어진 이들이다.

당연히 의리 같은 것은 있을 수 없다.

앞에선 의리의리 소리쳐도 뒤로는 손톱만 한 이득에 배신하는 인간들이다.

특히나 이런 인간들일수록 서열에 민감하다.

의혈단의 주인이라 할 수 있는 이현.

그런 이현이 관심을 보이는 옥분과 옥분을 우두머리로 두고 있는 적조.

거기다 최근 옥분과의 경쟁에서 제대로 된 모습을 보이지 못한 정만의 부진까지.

엉덩이 가벼운 것들은 벌써 적조와 인맥을 쌓기 위해 혈안이 되어 있었다. 의리는 쥐꼬리만큼도 없는 주제에 처세에만 능한 암흑가 파락호들은 특히나 더 했다.

이대로는 위험하다.

"형님 정말 이대로 있을 거요? 이러다가 정말 파락호 놈들이 적조 쪽에 붙으면 어쩌려고 그러시오?"

동생인 정청이 걱정을 숨기지 못했다.

그만큼 가볍게 넘어갈 분위기가 아니기 때문이다.

가뜩이나 이현의 총애를 받는 적조와 옥분이다. 거기에 파락호 놈들까지 붙어 버리면 지금까지 갖고 있던 의혈단의 수적 우위는 사라져 버린다.

그 말은 곧 의혈단을 이끄는 정만의 자리도 위태로워짐을 의미했다.

"저것 보시오! 귀노 저 노인네도 어떻게든 적조 쪽에 붙으려고 안달이지 않소!"

정청이 손가락을 들어 한쪽을 가리켰다.

그곳에 귀노가 있었다.

흑도 파락호 출신이지만, 의혈단에서 나름의 대우를 해 주던 인물이다.

나이도 나이이거니와 흑점의 지부장씩이나 했던 경험을 높이 샀기 때문이다.

그런 귀노가 적조와 접촉하고 있었다.

"그래도 제가 높으신 분들 상대하는 일 하나는 끝내주지 요. 제가 흑점 지부장으로 있을 때는 말입니다……."

주저리주저리 자신의 경력과 과거의 활약상을 늘어놓는 다.

그 의미는 확실했다.

나이가 들어 무공으로는 자신의 가치를 보일 수 없으니, 경험과 지위를 무기로 가치를 내보이고 있는 것이다.

그것도 이렇게 정만이 보는 앞에서 대 놓고.

"저 노인네는 나이를 똥구멍으로 처먹었나!"

정청이 참지 못해 욱할 정도였다.

"그만하거라."

그런 정청을 붙잡은 것은 정만이었다.

"형님! 정말 이대로 있을 거요?"

정청이 답답하다는 듯 가슴을 쳤다.

"가만히 있지 않으면?"

"확 뒤엎어야 하지 않겠소! 아니, 생각해 보면 우리가 뭐 아쉬울 것이 어디 있소? 이참에 확 뒤엎어 버립시다!"

"뒤엎다니? 도사님까지?"

"지금 이 판국에 도사님은 무슨 얼어 죽을 도사님이오! 그냥 말코 놈이라고 하면 될 일이지. 놈은 하나이고 우리는 천 명이오. 천 명에서 말코 하나 못 상대하겠소?"

"감당할 수 있겠느냐? 혜광이라는 그 도사분은? 아니, 거기까지 갈 것도 없지. 태극검제. 그분은?"

"……."

조용한 물음에 정청이 입을 다물었다.

이현은 어찌어찌 상대할 수 있을지 몰라도, 혜광이나 태극검제 청수진인은 다르다.

솔직히 말하면 엄두가 나지 않는다.

청수진인을 잘못 건드리면 정파 무림이 들고 일어날지도 모르는 일이고, 혜광은 그 존재 하나를 상대하는 것도 상상할 수 없다.

그러는 사이.

"하하하하하! 역시! 하여간 쓸 만하다니까?"

이현의 방문 너머로 웃음소리가 들려왔다.

이현의 방 안에서 나는 소리다.

그리고.

"옥분이 그 자식은 또 무슨 수작으로 도사님을……!"

또한 현재 이현과 방 안에 함께하고 있는 이는 옥분이었다.

무슨 수작을 부렸는지 알 수 없지만, 문 너머로 들려오는 웃음소리만 들어도 대충의 분위기가 예상 간다.

"흐음!"

정만의 얼굴이 어두워졌다.

그때였다.

"방법이 있소!"

정청이 목소리를 낮췄다.

"방법이라니?"

"도사님의 관심을 돌릴 방법 말이오!"

갑작스러운 이야기다.

하지만 무시하지 않았다.

가끔가다 번뜩이는 발상을 하곤 하는 정청이다. 실제로 이 의혈단이 지금까지 성장한 시작은 정청의 기발한 발상에서 비롯된 것이었다.

약탈 다단계.

그 시작이 정청의 머리에서 나왔다.

"무엇이냐."

솔깃할 수밖에 없다.

바싹 상체를 기울이며 물어 오는 정만의 물음에 정청이 입을 열었다.

"우리가 누구요?"

"산적이지."

"그렇소. 우린 산적이요. 산적은 무얼 해야 하오?"

"털어야지."

당연한 질문에 당연한 대답이 이어졌다.

그리고 그 대답의 끝은 정청의 웃음이었다.

"그럼 터십시다!"

*   *   *

정만과 정청이 작당 모의를 하고 있을 때.

"하하하! 하여간 쓸 만하다니까?"

이현은 연신 파안대소를 터트리고 있었다.

드디어.

드디어 대답을 찾았다.

"다시 한 번 말해 봐."

이미 들었음에도 이현은 또다시 옥분에게 직접 확인하려 했다.

옥분은 그 귀찮은 수고를 마다치 않았다.

어차피 마다하면 맞는다는 것을 잘 알고 있기 때문이리라.

"우선 과거의 야율한은 존재하지 않을 가능성이 높습니다. 만약 그가 존재했다면 정해진 운명이 바뀌지 않았을 테니까요. 더욱이 운명이 바뀌었다고 해도, 이처럼 마교를 도발하는 일은 벌이지 않았을 것입니다."

"왜지? 그놈 성격이 꽤나 화통한데 말이야."

"좋게 말하면 화통한 것이고, 솔직히 말하면 성격 더럽고 급한 것입니다. 그러나 도사님의 말씀을 토대로 한다면 이번에 마교를 도발한 행위는 엄연히 계획된 행동으로 보아야 합니다. 그러니 성격 더럽고 급한 그가 이런 계획된 일을 저지를 이유가 없지요."

지금 눈앞에 당사자가 그 성격 급하고 더러운 인간이라는 사실은 꿈에도 모른 채 옥분이 대답했다.

성격 더럽다는 말이 심히 걸리긴 했지만, 이현은 흔쾌히 고개를 끄덕이고 넘어갔다.

"그리고?"

"그렇다면 남은 가능성은 야율한의 거죽을 뒤집어쓴 누군가가 존재하는 경우입니다."

"야율한의 가죽조차 없을 수도 있지 않나?"

"존재 자체가 사라졌다고 하면 앞서 말한 이유와 같이 지금의 계획적인 마교 도발은 이루어지지 않았겠지요."

"그래. 그렇군."

"어쨌든 야율한의 껍데기 안에 다른 누군가가 존재하는 경우가 가장 가능성이 높습니다. 문제는 그자가 무당파의 그 숙적인지, 아니면 다른 누구인지는 알 수 없다는 점입니다."

"흠……."

이현은 턱을 긁적였다.

이건 애매하다.

야율한의 몸 안에 들어가 앉은 놈이 누군지 모른다.

그 불확실함이 영 껄끄럽다.

하지만.

"그 또한 걱정하지 않으셔도 될 것입니다."

옥분은 전혀 걱정하지 않아도 된다고 한다.

"이유는?"

당연히 이유를 묻지 않을 수 없다.

"마교를 도발한 행위 자체가, 그리고 그것을 있지도 않은 마적 연합의 일이라 소문을 조작한 것 자체가 의도적인 일이기 때문입니다."

"……."

침묵으로 이어질 말을 재촉했다.

눈치 빠른 옥분이 그 의미를 모를 리 없다.

옥분은 곧장 입을 열었다.

"왜 그 귀찮은 일들을 벌였겠습니까? 아니, 그런 일들을 벌인 범인이 얻을 수 있는 이득은 무엇이겠습니까?"

옥분의 물음에 이현은 답했다.

"불러내기 위함이다?"

"예! 그것이 야율한의 영혼을 지닌 누군가이든, 아니면 그런 영혼과 시간의 뒤바뀜을 알고 있는 누군가이든. 분명 이번 일은 그를 불러내기 위함이라 보입니다."

"그럼?"

"곧 도사님 앞에 모습을 드러낼 것입니다. 도사님이 이곳에 온 것 자체가 과거에는 존재하지 않았던 일이니, 야율한의 몸을 지는 자는 확인해 볼 필요성이 있을 것입니다. 야율한의 육체는 분명 이곳 신강에 있습니다!"

확언했다.

꽤 적지 않은 시간 동안 고민했던 것이라고는 생각되지 않을 만큼 단정적인 장담이었다.

그 모습이 마음에 들었다.

이현은 웃었다.

"그냥 확인하기 위함이라면? 일단 파악한 뒤에 나중에 뒤로 수작질 벌일 수도 있잖아?"

"그럴 이유가 없습니다. 도사님의 말씀을 토대로 계산한다면 그는 이미 적수를 찾아보기 어려울 만큼 큰 힘을 지닌 강자이니까요."

"그렇지! 이맘때의 야율한은 강하지! 암!"

이현은 고개를 끄덕였다.

"그걸 왜 도사님이 자부심을 느끼시는지 모르겠지만, 일단은 제 생각은 그렇습니다."

옥분도 고개를 끄덕였다.

이로써 확실해졌다.

문득 의문이 들었다.

"그런데 말이야? 그럼 나는 이제 그놈이 내 앞에 나타날 때까지 기다려야 하는 거냐?"

"그렇습니다."

"언제쯤 나타날 줄 알고?"

"그거야 저도 모르는 일입니다만?"

"이왕이면 더 빨리 나타났으면 좋겠는데? 방법은 없어?"

"없다고 하면? 안 때리실 겁니까?"

"당연히 때릴 것 같냐? 등신같이 안 때릴 것 같냐?"

"뭡니까? 그 확실한 선택지는?"

선택의 여지가 없는 이현의 선택지다.

당연히 때린다고 했고, 등신같이 안 때린다고 했다.

스스로 그렇게 말했으니 등신같이 안 때리지는 않을 것이다. 당연히 때린다.

실제로도 이현은 때릴 생각이었다.

쭉 찢어진 홑꺼풀 눈 속에 숨어 있는 눈동자가 데굴데굴 굴러가는 옥분의 모습을 보면 확실히 방법은 있다.

방법이 있으면 들어야 한다.

패서라도 불게 하여야 한다.

힘들게 먼 길 돌아갈 만큼 이현은 참을성 넘치는 진득한 인간은 아니었으니까.

옥분도 당연히 안다.

죽도록 맞기 싫으면 알고 있는 것을 불어야 한다는 것쯤은.

"그가 확신을 갖고 움직일 수 있도록 자극해야 합니다."

"자극이라면?"

"운명을 또다시 비틀 큰 움직임을 보여야 한다는 뜻입니다. 또한, 여기에 과거를 아는 분이 존재한다는 것을 확실히 알리는 행위이기도 합니다."

옥분의 설명을 조용히 곱씹었다.

"운명을 비틀 만큼 큰 움직임이라……"

그럴듯했다.

궁금해서라도 모습을 드러낼 것이다.

이맘때쯤의 야율한이 가진 힘을 생각한다면, 지금 야율한의 몸을 가진 놈이 움츠러들 이유는 없다.

아니, 오히려 적극적으로 나설 것이다.

"흐음……."

이현은 턱을 긁적였다.

고민했다.

또다시 운명을 비틀만한 커다란 사건. 여기 내가 왔음을 알릴 만한 사건이 무엇이 있을까.

언뜻 뇌리에 스치는 것이 있었다.

"정말 마교 놈들이라도 쓸어야 하나?"

지금 신강에 쳐들어온 마교의 이 차 마적 토벌대.

그들을 쓸어버리는 일이 현재로선 가장 먼저 떠오르는 일이었다.

그럼에도 선뜻 나서지 않은 이유는 간단했다.

"쩝. 귀찮은데……."

귀찮았다.

먼저 덤벼 오면 피할 생각은 없었지만, 그렇다고 또 귀찮게 나서서 때려잡기는 귀찮다.

그건 이미 과거에도 해 본 일이었다.

흥미가 없었다.

　　　　*　　　　*　　　　*

　작열하는 태양 아래 펼쳐진 광활한 벌판.

　덜커덩! 덜컹!

　그 위를 꼬리를 문 짐수레가 길게 가로지른다.

　"이랴! 이랴앗!"

　수레를 모는 말을 독촉하는 소리가 탁 트인 초원에 울려
퍼졌다.

　펄럭!

　불러오는 바람에 펼쳐진 수레 위의 깃발.

　청양표국.

　표물을 운반하는 상단이다.

　마교가 신강의 마적들을 소탕하기 위해 무사들을 출병시
킨 이후, 신강의 경제 활동과 물류의 이동은 크게 위축되어
있었다.

　상단과 표국을 약탈하는 것은 마적들의 밥줄이다.

　마적을 처단하기 위해 나선 마교의 무사들이 그런 마적들
의 밥줄을 가만히 내버려 둘리 없었다.

　그럼에도 상행은 계속된다.

　손가락 사이로 빠져나오는 물줄기처럼 꾸역꾸역 가늘게라
도 유지되고 있는 것이다.

출병한 마교의 무사들만으로는 모든 상행을 막을 수 없기 때문이기도 했고, 관과 이어진 상단은 마교에서도 함부로 건드릴 수 없기 때문이기도 했다.

아니, 그 모든 것을 차지하더라도.

살아야 했다.

표국도, 상단도.

마교가 무서워 움츠러들기에는 당장에 먹고 사는 문제가 걸려 있었다.

그러니 더한 위험을 무릅쓰더라도 상행은 계속되고 있었다.

표두 충초도 그런 이유에서 상행에 나섰다.

당장 먹고 살길이 시급한 마당에 마교가 무서워 표행을 멈출 수 없었던 것이다.

그러나 마교가 두렵지 않은 것은 아니다.

"마교의 동태는 어떠한가?"

"근처에 마교 무사들이 무리 지어 움직이고 있긴 하지만, 상행을 막지는 않는다고 합니다. 마치 무언가를 쫓고 있는 듯 벌써 한 달이 넘도록 이 주위를 배회하고 있다고 합니다."

"적조를 추적하는 것이로구만!"

이틀 전에 들렸던 마을에서 접한 소식이다.

상행을 막는 것도 뒷전으로 하고 이 주위를 배회하는 마교의 무사대.

그리고 이곳은 신강 오대 마적 중 하나로 꼽히는 적조의 영역권이다.

마교의 무사들의 목적이 무엇인지는 뻔했다.

"불행 중 다행이로구나."

청양표국으로서는 다행이었다.

"당분간은 적조를 만날 걱정은 하지 않아도 될 것이다."

마교도들이 영역 내를 휘젓고 다니고 있다.

아무리 신강 오대 마적이라 불리는 적조라 하더라도 마음 껏 돌아다닐 수는 없을 것이다.

그들에게 약탈당할 걱정은 한 시름 놓았다고 보아도 좋았다.

"그래도 속도를 높여야겠구나. 세상일이란 한 치 앞도 모르는 것이니!"

"예! 인부들을 독촉하겠습니다."

"그래! 그래야지."

대화를 마친 충초는 고개를 끄덕였다.

그러면서도 걱정의 끈을 놓지는 않았다.

"쟁자수들이 절대로 표물을 확인하는 일은 없어야 할 것이다. 화기에 특히 조심해야 함도 명심해야 할 것이고, 비는…… 당분간은 걱정 없겠구나."

현재 옮기는 표물의 특성상 조심. 또 조심해야 한다.

다행히도 불어오는 바람이 건조하다.

비 때문에 표물이 상할 걱정은 하지 않아도 될 듯싶었다.

그렇게 반나절을 이동했을 때다.

"음?"

선두에서 서서 행로를 살피던 충초의 눈에 무언가 들어왔다.

하늘.

"까마귀라……."

그 위를 배회하는 까마귀 무리.

그보다 높은 곳에 크게 호선을 그리며 활강하는 검독수리 한 마리.

초원에서 까마귀 떼는 죽음을 의미했다.

시체를 뜯어먹고 연명하는 까마귀가 모인 곳이라면, 곧 시체가 즐비한 곳임을 의미한다.

누군가 변을 당했다.

아직 그것이 동물인지 사람인지는 모른다. 하지만 까마귀 떼의 규모로 본다면 결코 작은 규모의 희생은 아님은 확실했다.

"방비를 단단히 하거라! 지금부터 속도를 줄인다!"

경험 많은 표두인 충초는 능숙하게 명령을 내렸다. 그럼에도 표행을 멈추지 않은 것은 약속된 기일까지 물건을 배송해야 하기 때문이었다.

"늑대라……."

까마귀 무리와 거리가 가까워질수록.

길 여기저기에 널브러진 늑대의 사체가 늘어난다.

"칼에 당한 흔적이로구나."

늑대의 시체 남아 있는 상흔은 분명 인간만이 사용하는 날붙이에 당한 상처다.

상황이 짐작이 갔다.

'앞서 상행을 떠난 무리가 늑대 떼를 만났구나!'

신강에서 조심해야 할 것은 사람만이 아니다. 낮에는 뜨겁게 달아오르고, 밤에는 얼음장만큼 차갑게 식어 내리는 날씨도 조심해야 한다. 땅 아래에는 치명적인 독을 가진 독물들이 서식하고 있었고, 땅 위에는 허기로 굶주린 늑대가 배회한다.

한낱 미물이라고 무시해서는 안 된다.

신강의 늑대는 지독하고 집요하다. 또한, 영리하고 강하다.

어지간한 장정도 혼자선 늑대 한 마리도 상대하기 어렵다.

실제로 신강 오대 마적 중 하나는 늑대를 훈련해 약탈에 이용할 정도다.

그러나 야생의 늑대무리가 다수의 인간을 공격하는 일은 흔치 않다.

"마적들이 움츠러드니 늑대들의 허기도 극에 달한 것이겠지."

늑대는 살아 있는 생물, 죽은 이의 시체를 가리지 않고 먹어 치운다.

마적들이 날뛰던 때에는 무리를 이룬 사람들을 공격하지 않는 것도 그러한 이유 때문이었다.

심심치 않게 시체를 발견할 수 있으니, 굳이 힘들게 인간 무리를 사냥할 필요는 없었을 테니까.

하지만 지금은 마교도들로 인해 마적들도 몸을 사리고 있는 상황.

시체를 얻지 못한 늑대들로서는 허기를 채우기 위해서라도 사람들을 공격할 수밖에 없다.

"표두님! 저기 좀 보십시오!"

그렇게 충초가 상황을 유추하고 있을 때.

표사 하나가 손가락으로 한 곳을 가리켰다.

초원 저쪽에.

까마귀들이 내려앉아 있었다.

수레가 보이고, 시체가 보인다. 대부분이 죽은 늑대의 사체다.

한눈에 보아도 상행 중 늑대 무리의 습격을 받은 상단이 함께 공멸하거나, 꼬리를 자르고 도망친 듯한 모습이다.

"사, 살아 있는 사람도 있습니다!"

먼저 충초에게 이 광경을 전달한 표사가 소리쳤다.

꿈틀!

그의 말처럼.

시체 더미 속에서 꿈틀거리는 움직임이 있었다.

그리고.

쑥!

시체 더미 속에서 사람의 손이 올라온다.

피범벅이 된 채로 솟아 팔뚝에는 우람한 근육이 자리 잡고 있다.

"혹시 모르니 대기한다."

그러나 충초는 서두르지 않았다.

오히려 멈추지 않았던 표행을 멈추고, 대기할 것을 명령했다.

혹시 모를 사태를 대비하기 위함이다.

"이동한다! 속도를 높여라!"

그로부터 잠시간의 시간이 지나도록 더는 아무런 일이 없는 것을 확인한 뒤에야 명령을 내렸다.

그보다 먼저 충초가 움직였다.

충초가 향한 곳은 시체 속에서 발견한 유일한 생존자였다.

"이보시오! 괜찮으시오? 어떻게 된 것이오?"

힘없이 늘어진 생존자를 붙잡고 연이어 질문을 쏟아 냈다.

초원에서 변을 당한 이를 측은히 여겨서가 아니다.

그들이 당한 변을 청양표국이라고 당하지 않으리란 법이 없기 때문이다.

어떻게 이 사달이 난 것인지 더욱 확실히 알아야 했다.

그것이 표두의 임무다.

"으으윽! 누구시오?"

충초가 흔들자 그제야 의식을 차린 듯 생존자는 가늘게 눈을 떴다.

"대체 어쩌다 이렇게 된 것이오?"

충초는 거듭 질문했다.

살아남은 생존자는 건장한 사내였다. 흔히 찾아보기 힘든 거한에, 두툼하게 발달한 근육은 한눈에 보아도 보통의 사내는 아닌 듯했다.

타고난 신력만으로도 어지간한 사내 허리통은 손쉽게 분

질러 버릴 것만 같은 사내다.

그런 사내가 이처럼 험하게 당했다.

'대체 무슨 일이 있었기에……!'

단순히 굶주린 늑대 무리의 소행으로 보아 넘길 수 없는 일이었다.

그런 충초의 의문도 잠시.

"다른 동료들은? 동료들은 모두 어떻게 되었소! 아니, 그보다 은공은? 은공께서는 누구시오?"

의식을 차린 사내가 질문을 쏟아 낸다.

황망한 눈으로 주위를 살피는 모습이 겁에 잔뜩 질린 듯 보일 지경이다.

"지금 수하들이 생존자를 찾고 있소. 그러니 걱정하지 마시오. 소인은 청양표국의 표두이니 경계하실 필요 없소."

"처, 청양표국?"

"그렇소! 청양표국!"

충초는 청양표국이란 네 글자에 유독 힘을 주었다.

신강에서 천양표국의 명성은 결코 작은 것이 아니다. 청양표국이란 이름만 대면 모르는 사람은 없을 것이다.

"처, 청양표국이란 말씀이시오?"

그런 충초의 짐작이 틀리지 않았다는 듯 사내가 눈을 부릅떴다.

"그렇소! 청양표국이오!"

"질풍노검(疾風怒劍) 오추장 국주께서 운영하신다는?"

"맞소! 그 청양표국이외다!"

"그, 그럼 새외와 밀수로 재미 본다는 그 청양표국?"

"맞소. 그 청양표…… 이보시오?"

거듭 확인하는 사내의 물음에 거듭 대답하던 충초가 화들짝 놀랐다.

엉거주춤 사내와 거리를 벌렸다.

"귀, 귀하가 그것을 어떡해?"

청양표국의 비밀.

밀수.

새외의 오랑캐들을 대상으로 한 밀수.

흔히 중원의 사치품은 물론, 전략적인 군수물자까지.

손대지 않는 것이 없을 만큼 광범위한 밀교역이야말로 청양표국의 주 수입원이다.

하지만 그것은 극비의 정보다.

뒤를 봐주는 관리와 군벌의 몇몇 인사를 제외한다면 이 사실을 알고 있는 사람은 표국 내에서도 극히 일부에 불과하다.

자칫 이 소문이 밖으로 번져 나간다면 역모죄로 몰릴 중죄이기 때문이다.

그런데 사내는 알고 있다.

늑대 무리의 습격에 당해 의식이 엄연했던 사내가!

스릉!

"누구시오! 정체를 밝히시오!"

충초는 급히 검을 뽑아 사내를 향해 겨누었다.

자칫 표국은 물론 표국에 관련된 모든 사람들이 형장의 이슬로 화할 일이다.

그러니 결코 허투루 검을 뽑았을 리 없다.

하지만.

"하하하하하!"

툭툭!

조금 전까지 다 죽어 가던 사내가 아무렇지도 않은 듯 자리를 털고 일어난다.

기립한 사내의 키는 충초보다 족히 머리 두 개는 더 클 듯한 거한이다.

주춤!

돌변한 사내의 기세에 충초가 움찔하는 사이.

사내가 소리쳤다.

"애들아! 손님 받자!"

"이, 이게 무슨!"

이게 무슨 말이냐고 묻고 싶었다.

그러나 충초는 굳이 그런 수고를 할 필요가 없음을 깨달 았다.

"예! 단주!"

"퉤퉤! 거참 느릿느릿! 기다리다 입에 흙만 다 들어갔소!"

늑대의 시체 더미 속에서. 그리고 아무것도 없던 흙바닥 속에서.

사람이 튀어나왔다.

하나같이 날카로운 쇠붙이를 꼬나든 채. 흉흉한 기세를 뿜어내고 있었다.

'이런! 당했구나!'

순간적으로 충초는 그렇게 생각했다.

그리고 그 생각은 틀리지 않았다.

"쳐라!"

사내의 명령에 모습을 드러낸 이들이 청양표국을 향해 달 려들었다.

*   *   *

"……이건 뭐냐?"

이현은 눈을 끔뻑였다.

며칠 보이지 않던 정만이 돌아왔다. 그대로 도망쳤다고

해도 사실 아쉬울 건 없다. 그냥 나중에 눈에 띄면 죽이면 그 만이다. 그래서 신경 쓰지 않고 있었다.

그 정만이 오늘 일을 냈다.

"하하하핫! 좀 많지요? 제가 안 해서 그렇지 사실 하면 기본이 이 정도입니다!"

정만은 오랜만에 당당한 모습이었다.

이현을 앞에 두고도 주눅이 든 기색이 없다.

고개를 빳빳이 들고 가슴을 활짝 편 모습은 녹봉 날 급여를 받아 들고 돌아온 가장의 그것과 닮아 있었다.

그만큼 당당했다.

그리고 당당할 만했다.

"제 입으로 말씀드리긴 뭣 하지만 곡물 수레만 일곱에, 향신료, 비단, 자기 수레가 각각 하나씩입니다. 그리고 또 하나가 있는데……."

많다.

어디서 구해 왔는지 모르겠지만, 결코 적은 양이 아니다.

그러나 그것이 전부는 아니다.

펄럭!

"보십시오!"

잠시 뜸을 들이던 정만이 제일 앞에 자리한 수레를 덮은 천막을 펼쳐 보였다.

"……화탄이네?"

"네! 화탄입니다!"

정만이 당당하게 내민 그것은 화탄이다.

군부에서나 쓰는 물건이다. 아니, 군부에서도 전략 무기로 쓰이는 물건이다. 무림에서는 구하기는커녕 구경하기도 쉽지 않은 귀물로 통하기도 했다.

화탄은 무공의 고하를 초월한다.

일 초식도 모르는 어린아이도 고수를 죽일 수 있는 무기이기도 했다.

그러니 그 가치가 결코 작을 리 없다.

화탄 하나만 해도 정만이 가지고 온 다른 물건 전부보다 가치가 높다.

그 화탄이 수레 하나 가득 쌓여 있다.

주인만 잘 만나면 일개 현의 한 달 예산과 맞먹을 만한 돈을 받을 수 있는 정도다.

이것이 어디서 났을까?

"군상이라도 털었냐?"

저도 모르게 물었다.

뒤늦게 질풍노도(疾風怒濤)의 시기를 맞이한 것도 아닌 주제에, 요즘 부쩍 사고를 치고 다니는 정만이다.

그러니 똥오줌 분간도 못 하고 군상을 털어 왔을 수도 있다.

그런 이현의 물음에.

"미쳤습니까? 역모로 몰릴 일 있습니까?"

정만이 발끈했다.

군상을 턴다는 것.

산적인 정만이 더 잘 알고 있다. 군상을 털면 바로 역모다. 법 없어야 산다는 녹림십팔채가 아니라 무림맹이라 해도 살아남질 못한다.

"그럼? 저건 어디서 난 건데? 설마 주웠냐?"

"주웠을 리가요! 털었습니다!"

"누굴?"

"청양표국입니다!"

"청양표국?"

"옙!"

정만은 당당했다.

반대로 이현은 어안이 벙벙했다.

"요즘은 표국에서 화탄도 취급하냐?"

표국이란 본시 표물을 운송해서 먹고 사는 사업이다. 그러다 보니 별별 것을 다 옮기기는 한다. 물건을 옮기기도 하고, 사람을 옮기기도 한다. 이따금 절세 비급이나 영약을 옮기다가 사달이 나기도 했었다.

그럼에도 표국이 화탄을 옮긴다는 말은 또 처음 들어 본다.

아니, 그것이 문제가 아니다.

"것보다 멀쩡한 표국은 왜 털어? 나중에 뒷감당을 어떻게 하려고!"

문제는 표국을 털었다는 그 자체다.

화탄도 문제지만 표국을 털었다는 것도 문제다.

'태극검제 그 꼬장꼬장한 꼰대가 가만히 있지 않을 텐데!'

태극검제 청수진인.

그가 이 사실을 알면 절대 가만히 있을 리 없다.

그 뒷감당을 생각하면 벌써 눈앞이 캄캄해져 올 지경이다.

하지만 괜한 걱정이다.

"하하하! 그런 것이라면 걱정하지 않으셔도 됩니다!"

"걱정하지 않아도 된다?"

"예! 청양표국은 사실 위장일 뿐입니다. 실질적으로 그들은 몰래 오랑캐와의 밀매로 부를 축적해 온 나쁜 놈들입니다! 이번에 이 화탄도 오랑캐들과의 밀매를 위한 물건입니다!"

정만은 확신에 가득 차 있었다.

그렇다고 이현이 그걸 냉큼 믿을 만큼 순진하진 않다.

"확실해?"

"예! 확실합니다! 실은 이번에 군부와 거래를 트기 시작하면서 정보를 얻었습니다. 확인 작업도 끝났지요. 아시다시피 밀매품이라는 것이 정상적인 경로로 입수할 수 있는 물건은 아니지 않습니까?"

"그렇군."

정만의 이야기에 고개를 끄덕였다.

이해가 갔다.

"흑점. 하오문. 밀매품을 처분하는 데는 그만한 곳이 없지."

화탄은 군부에서 엄격히 관리하는 물품이다.

그 물품을 구하려면 어디를 통해야 할까.

미치지 않고서야 정상적인 경로로 구하지는 않을 것이다. 은밀하면서도 확실한 경로를 통해 구해야 하는 물건이다. 또한, 고위 관리와의 결탁이 없고서는 절대 구할 수 없는 물건이기도 했다.

그럼 가장 간단하게 떠올릴 수 있는 곳이 흑점과 하오문이다.

의혈단에는 그 하오문과 흑점 출신의, 그것도 지부장급 인물이 몇 있다.

"예! 귀노가 직접 확인했습니다. 장부도 있습니다!"

"흠! 그래?"

당당한 정만의 대답이 있고 나서야 이현은 고개를 끄덕였다.

큰 공을 세운 셈이다.

하지만.

"잘했네."

이현의 칭찬은 박했다.

그도 그럴 것이.

'돈 되는 건 알겠는데…… 그렇다고 어떻게 처분할 수 있는 물건도 아니까.'

가치가 큰 화탄을 약탈해 온 것은 큰 공이다. 하지만 현실적으로 확 와 닿지는 않는다.

처분할 수 없는 물건이다.

군부에서 특별히 관리하는 물건을 어디다가 내다 팔아 돈으로 바꿔 온단 말인가.

결국, 그림의 떡이다.

당장 쓸 만한 것은 정작 가장 가치가 높은 화탄이 아닌, 다른 것들이다.

"곡물은 먹으면 될 테고, 자기나 향신료는 팔아 치우면 되겠지 뭐."

대충 생각을 정리했다.

어디에, 얼마나, 어떻게 팔 것인지는 생각하지 않았다.

'옥분이가 알아서 처리할 테니까.'

그런 건 옥분이 알아서 처리할 것이다.

툴툴거리며 앙탈 부리는 놈을 매로 다스리며 붙잡아 두고 있는 이유가 그것 때문이었으니까.

"하하하하! 감사합니다!"

기대 이하의 반응이었을 텐데도 정만은 웃는 얼굴이었다.

"그리고 이건⋯⋯."

그만한 이유가 있었다.

슬그머니 다가온 정만이 품속에서 무언가를 꺼내 건넸다.

"도사님 드리려고 따로 빼냈습니다. 어디 뇌물로 쓸 모양이었나 봅니다."

그리고.

"이, 이건!"

이현은 눈을 부릅떴다.

정만이 은근히 내민 손에 들린 주병.

그 주병에 적힌 세 글자.

"모, 모태주(茅兒酒)?"

목소리가 떨렸다.

이현의 인생에서 이처럼 떨렸었던 적이 또 언제인가 싶을 지경이다.

모태주는 충분히 그럴 만한 자격이 있는 술이다.

한무제가 칭찬한, 예로부터 중원의 손꼽혀 온 술이다. 이곳 신강에서 먹었던 그 어떤 술도, 아니 이현의 몸으로 마신 어떤 술도 모태주에 비할 바가 아니다.

씨익!

이현의 반응에 정만은 작게 웃으며 고개를 끄덕였다.

"마음에 드신 듯해서 다행입니다."

별것 아닌 듯 말한다.

그러나 절대 별것이 아닌 게 아니다.

"정만아!"

처음으로 정만의 이름을 불렀다. 이현의 두 눈엔 솥뚜껑 같은 정만의 얼굴이 커다랗게 들어왔다.

"네, 네?"

그 격한 반응 때문이었을까.

자신만만하던 정만이 곰 같은 어깨를 움찔거릴 정도다.

그리고.

와락!

"잘했다! 정말 잘했다. 이 자식아!"

끌어안았다.

곰 같은 정만의 체구 때문에 이현이 안기는 모양새가 되었지만, 어찌 되었든 상관없다.

정만을 끌어안는 이현의 표정은 마치 오랫동안 헤어진 혈육을 되찾은 것처럼 진실해 보였다.

진심이다.

"잘 털었다!"

이보다 잘 털 수가 없다.

화탄 한 수레보다 지금 눈앞에 있는 모태주 한 병이 더 낫다.

이현은.

행복했다.

"뭔데? 뭐야? 맛있는 거야? 나도 한 입만! 응? 나도 한 입 마안!"

"시끄러워! 이게 어떤 술인 줄 알고! 아니, 것보다 머리에 피도 안 마른 년이 술은 무슨 술이야! 입을 확 찢어 버릴라!"

내내 잠자코 있다가 이현의 반응에 냄새 맡고 쫓아온 찰거머리 사고 청화만 아니었다면 더더욱 행복했을 것이다.

第四章

저 멀리 중원의 남쪽 끝에는 바다가 있다.

그리고 그 끝없이 펼쳐진 대해(大海)에는 고래라는 생물이 산다.

크기가 집채만 하단다.

맛도 좋아서 한 마리 잡으면 부르는 게 값이라고 한다.

풍문으로 듣기로 고래라는 생물은 물고기 주제에 꽤 지적 능력이 뛰어나단다. 대략 잘 훈련된 개 정도의 머리를 가지고 있다고 했다.

그리고 아마 약 백삼십 년 전쯤 죽음을 맞이한 남해해왕 (南海海王) 동치해란 인간이 있었을 것이다.

명색에 해왕이라 불리는 주제에, 그가 가진 배라고는 조그마한 조각배가 전부였다. 그에게는 두 발로 걸어 다니는 수하들도 없었다.

그의 수하들은 고래였다.

집채만 한 고래들이 무리를 이루고 상선을 뒤집고, 적대 해적의 함대들을 박살 내니 그야말로 바다 위에서는 무적이나 다름없었을 것이다.

그가 말했다.

칭찬은 고래도 춤추게 한다고.

한낱 물고기를 칭찬으로 훈련시켜 해왕이란 별호까지 얻은 그의 주장이 영 믿기진 않지만, 어찌 되었든 실제로 있었던 일임은 확실했다.

물론, 이현은 지금까지 그 말을 쓸데없는 헛소리라 치부했다.

가능은 할지 모른다. 하지만 이현으로선 그건 괜한 힘 낭비로밖에 비치지 않았다.

고래라는 생물을 실제로 본 적은 없지만, 칭찬으로는 고래를 춤추게 하는 일은 결코 효율적이지만은 않을 것이라 믿었다.

고래를 춤추게 하는.

아니, 동네 똥개. 아니, 개천의 붕어도 춤추게 하는 가장 확실하고 효율적인 비법을 알고 있었으니까.

폭력과 구타!

매로 다스리는 것이야말로 동서고금 인간과 육류, 어류, 조류를 망라하는 가장 확실한 교육법이다.

실제로 이현은 야율한이었을 때부터 이미 철저한 폭력의 신봉자이며, 수혜자였다.

'그런데 요즘은 정말 칭찬도 고래를 춤추게 할 수 있겠단 말이야?'

철저한 폭력의 신봉자이자, 수혜자인 이현의 생각이 요즘 바뀌었다.

'뭘 저렇게까지……'

증거가 있다.

눈앞에 고래. 아니, 곰이 있다.

"정만아. 이번엔 좀 많다?"

그 곰의 정체는 정만.

물론, 말 그대로 정만이 춤을 춘 건 아니다. 톡 까놓고 이야기해서 고래가 춤을 추면 대단한 일이지만, 사람이 춤을 추면 별 대단한 일도 아니다.

여하튼 정만은 요즘 대단했다.

내내 헛짓만 해서 괜한 매만 벌던 녀석이, 칭찬 한 번 했다고 이렇게 달라지나 싶을 지경이다.

"하하핫! 제가 누굽니까! 도사님의 충실한 수하이자 종이지 않습니까! 그런 제가 영업 뛰는데 어디 쪼잔하게 해서야 어디 가서 도사님의 종이라고 하겠습니까?"

요즘 정만은 대단했고, 또 자신감이 넘쳤다.

그럴 만했다.

"이번에는 상단으로 위장해서 미끼를 좀 던져 보았습니다. 아! 그랬더니 요런 놈들이 걸리지 않습니까?"

이번엔 상단을 털지 않았다.

정만이 털어온 것은 마적이었다.

숫자는 대략 스물. 그리 큰 규모의 마적단은 아니다.

그럼에도 이 넓은 신강에서, 그것도 두 다리만 믿고 뛰어다녀야 하는 의혈단이 마적을 잡아 왔다.

아무리 상단으로 위장해 미끼를 던졌다지만 대단한 일은 대단한 일이다.

"아무래도 마교 놈들이 설치고 다니면서 신강의 상행이 위축되다 보니 걸려든 것 같습니다."

곁에서 잠자코 있던 옥분이 설명을 덧붙인다.

"하긴."

대충 이해가 되긴 했다.

마교가 돌아다니며 상행을 방해하고 있었다. 상단을 털어 먹고 사는 마적들로서는 배가 고플 수밖에 없다. 배고파서 눈 돌아간 그들의 입장에서는 앞뒤 가릴 처지가 아니었다.

그러니 일단 상단만 보였다 하면 덥석 달려가 물었을 것은 분명했다.

"하하하하! 그래서 이놈들도 잡고 이놈들 본거지도 털어서 오는 길입니다. 아 참! 얘들아! 물건 내려라!"

자랑스럽게 자신의 무용담을 얘기하던 정만이 갑자기 수하들을 독촉했다.

"예!"

그 명령에 정만과 함께 약탈에 나섰던 의혈단원들이 움직인다.

수레에서 커다란 무언가를 끌어내린다.

어른 가슴쯤에 올 법한 큰 항아리가 수레 한가득이다.

정만은 그 항아리들이 모두 내려진 것을 확인한 뒤에야 다시 고개를 돌려 이현을 바라보았다.

"이번에 현령에게서 얻어 온 것입니다. 약이나 좀 쳐 두려고 처치 곤란이었던 골동품 좀 넘겼더니 좋다고 주지 뭡니까? 받고 도사님 생각나서 바로 들고 왔습니다!"

항아리를 개봉하지도 않았는데도 벌써 독한 주향이 풍겨온다.

냄새만 맡아도 알 수 있다.

화주다. 그중에서도 급이 높은 술의 향은 아니다.

다만, 시기가 좋았다.

적조가 모아 놓았던 술이 바닥을 보이고 있던 시점이다.

지금은 취향 따질 때가 아니었다.

술이면 그냥 반갑다.

"어떻습니까? 도사님?"

정만이 묻는다.

씨익 입가에 미소마저 머금고 있었다. 또 이현을 바라보는 눈동자는 반짝반짝 빛나고 있다.

'어떻습니까?'라고 물었지만, 그 실상은 '칭찬해 주세요!'라고 말하고 있음을 이현이 왜 모르겠는가.

속 보이는 짓이다.

평소라면 그 속 보이는 짓에 제대로 핀잔을 날려 주었을 것이다. 아니, 주먹질부터 하고 보았을 것이다.

하지만 지금은 그럴 수가 없다.

술을 가지고 왔다.

'나를 너무 잘 알아!'

잘 알아도 너무나 잘 안다.

혜광의 손에서 벗어난 마당이다. 질리도록 먹고 질리도록 마셔도 모자랄 판이다.

그런 차에 떨어져 가던 술을 구해 왔다.

"자, 잘했다."

충분히 칭찬받을 일이었다.

그러면서도 걱정되는 것은.

'다음엔 또 뭘 털어 오려고……'

하루하루 정만의 약탈 규모가 커지고 있다는 점이었다.

'귀찮은데……'

먹지도 못할 것들 쌓아 놓는 것도, 또 그걸 처분하는 것도.

그리고 꼬박꼬박 정만을 칭찬하는 것도.

솔직히.

귀찮았다.

$$*\qquad*\qquad*$$

정만의 활약상은 날이 갈수록 커져만 갔다.

진화했다.

전직 산적. 그것도 녹림십팔채의 일원이라 그런지 한번 감을 잡고 나니, 무서울 것이 적응해 나가고 있었다.

처음 오랑캐와 밀무역을 하던 표국 하나를 털어 온 것을 시작으로, 다음에는 상단 하나와 표국 하나, 그다음에는 상단 하나 털고 돌아오는 길에 달려든 마적 하나. 그리고 오늘은 아예 마적을 노리고 털어 왔다.

요령이 붙으니 작정하고 털어 대는 것이다.

문제 될 건 없다.

칭찬받아 마땅한 일이다.

이제 의혈단은 물론 비롯한 혈란에 거주하는 모든 이들의 재정을 정만이 주도적으로 책임지고 있는 형국이었으니까.

그런데도.

'불안하다.'

옥분은 불안했다.

사실 별다른 감정은 없다. 정만은 그저 지긋지긋한 이현의 수하일 뿐이다.

어차피 진심으로 이현에게 복종하지 않은 옥분으로서는 정만이 날뛰어 주면 단지 신경 쓸 일이 줄어드는 것뿐이었다.

좋으면 좋았지 나쁠 것은 없었다.

그러나.

"뭐해! 어서 준비하지 않고! 도사님의 기대에 부응하기 위해서는 한시라도 지체해서는 안 된다! 오늘은 어떤 마적 놈을 털어 볼까?"

다시 영업을 나설 채비를 갖추는 정만의 모습에 확실해졌다.

'영 안 좋다!'

불안한 정도가 아니다.

아주 좋지 못한 상황이다.

'이제는 작정하고 마적을 털 생각이야!'

지금이야 이 모양 이 꼴이지만 옥분의 본직은 마적이다. 그
것도 신강 오대 마적단 중 하나인 적조의 수장이다.

정만이 작정하고 마적들만 털어 대기 시작하면.

곤란해진다.

'마교 측에서 눈치챌 수도 있어!'

우선 규모가 커지면 아무리 은신해 있다고 해도 발각될 위
험이 커진다.

더욱이 신강을 헤집고 다니는 이들의 목적이 마적인 이상
이렇게 마적들을 대상으로 한 약탈과 흡수가 진행되면 마교
의 공격을 받을지도 모른다.

무당파 제자인 이현이 함께 있다고 해도 마찬가지다.

'아니, 그런 건 차지하더라도……!'

가장 큰 문제는 마적 그 자체였다.

진실이야 어떻든 밖에서 보기에는 적조와 의혈단이 한배를
탄 모양새다.

정만의 주도로 마적단을 털어 대는 모습이 옥분을 비롯한
적조와의 합작으로 비추어질 수 있다.

같은 마적끼리가 아니다. 외부의 세력이라 할 수 있는 의혈
단이 개입한 일이다. 무법천지인 신강의 마적계에서도 용납되
지 않는 일이다.

신강 마적단 전체가 적조를 공적으로 지목할지도 모른다.

'그렇게 되면 적조는 이대로 끝이다.'

이현과 의혈단이 돌아가고.

남겨진 적조는 신강의 모든 마적을 상대로 싸워야 한다.

불가능한 일이다.

아무리 적조가 신강 오대 마적단 중 하나라고 해도, 감당할 수 없는 일이었다.

'말려야 한다!'

말려야만 했다.

'문제는 어떻게냐인데……'

결정을 내렸다. 문제는 이제 어떻게 정만을 말리느냐는 점이다.

그때였다.

"대장! 큰일 났습니다!"

한창 고민에 빠져 있던 차에, 수하 하나가 뛰어들어 왔다. 상념을 방해하는 행동에 얼굴을 찌푸릴 만하건만, 그럴 수가 없었다.

헐레벌떡 뛰어들어온 수하의 얼굴에는 깊은 당황이 묻어 있었다.

"무슨 일입니까?"

뭔가 급한 일이 벌어진 것이 분명했다.

그래서 물었다.

그 물음에 그가 답했다.

"삼 조장이…… 삼 조장이 지금 맞고 있습니다!"

　　　　*　　　　　*　　　　　*

옥분은 걸음을 빨리했다. 아니, 저절로 빨라졌다. 표정은
이미 딱딱하게 굳은 지 오래다.

꽈악!

꽉 쥔 주먹엔 절로 힘이 들어갔다.

옥분이 보고를 받고 있을 때.

삼 조장. 그는 이미 맞고 돌아오고 있었다.

꼴이 말이 아니다.

명색의 적조의 삼 조장이다. 어디 가서 맞고 돌아올 만큼
물렁물렁한 위인은 아니다. 그럼에도 맞고 돌아왔다. 것도 호
되게!

꼬박 며칠은 누워 요양해야 할 정도다.

그리고 그 범인은.

"……의혈단! 으득!"

의혈단이다. 절로 이가 갈린다. 가뜩이나 최근 의혈단의 의
욕적인 행보 때문에 곤란해하던 옥분이다. 그러던 차에 수하

까지 맞고 돌아왔으니, 기분이 좋다면 거짓말이다.

　그리고 무엇보다.

　　─죄송합니다. 대장! 허나, 어쩔 수 없었습니다. 놈
　들이 우리 적조를 모욕했습니다. 말 없으면 병신이라
　고요…….

맞고 돌아온 삼 조장의 말.

　그 말이라면 먼저 실수를 한 쪽은 의혈단이다. 의혈단이 먼
저 적조를 무시하는 발언을 했고, 거기에 발끈해 항의하는 삼
조장을 구타했다.

　그것도 모자라.

　　─ 의혈단주라는 놈은 보고도 못 본 척 무시했습니
　다. 암묵적으로 놈들의 인정하는 행동이 아니고 무엇
　이겠습니까! 아니, 애초에 적조를 모독한 놈들의 중심
　에 그 의혈단주가 있었습니다.

의혈단의 책임자인 단주. 정만이 삼 조장이 폭행당하는 것
을 보고도 외면했다. 아니, 적조를 모욕하던 놈들의 중심에
있었다고 했다.

대 놓고 적조를 무시하는 행동이다.

의혈단과 적조라는 두 집단의 마찰을 조장했다고 보아도 무방하다.

"지금 이게 뭐하는 짓입니까!"

옥분의 빠른 걸음이 향하는 곳엔 정만이 있었다.

"뭘 말이오?"

한창 영업을 나설 준비를 하고 있던 정만이 고개를 돌려 이쪽을 바라보았다.

시큰둥한 표정이다.

"바쁘니까 다음에 이야기하시오."

귀찮다는 듯 손을 손사래를 쳐댄다.

그 모습에 옥분의 눈썹이 역 팔 자로 솟았다.

"이 보십시오!"

목소리가 높아졌다.

"……."

그 기세 때문이었을까.

다시 수레를 향해 고개를 돌리던 정만의 움직임이 우뚝 멈춘다.

그리고 묻는다.

"왜? 대체 뭐가 불만이라 계집년처럼 빽빽 소리나 지르고 앉아 있는 거요?"

"……!"

옥분의 눈썹이 또 한 번 꿈틀거렸다.

계집 같다.

여자 같은 이름 때문에 어렸을 때부터 줄곧 놀림을 받아 왔던 옥분이 가장 듣기 싫어하는 말이다.

가뜩이나 화가 치솟는 형국에, 가장 듣기 싫은 말까지 들었으니 꾹 눌러온 화를 폭발시켜도 이상하지 않다.

그러나.

옥분의 목소리는 오히려 낮아졌다.

"귀하와 본인의 수하들 간에 마찰이 있었다고 들었습니다."

낮고 차분해진 목소리로 조용히 이야기한다.

진짜로 화가 났다. 흔히 뚜껑 열리기 직전이다. 그럴 때마다 옥분의 목소리는 도리어 차분해진다.

지금 옥분은 누군가 툭 하고 건드리기만 해도 터져 버릴 것만 같은 상황이었다.

"그래서? 그게 뭐?"

"그쪽에서 먼저 저희 적조를 무시했다고 들었습니다만? 그 중심엔 귀하도 있었고?"

"하고 싶은 말이 뭐요? 계집처럼 질질 끌지 말고 바로 이야기하시오. 그래서 뭘 원하는 거요?"

"사과하십시오."

"사과?"

옥분의 요구에 이번엔 정만이 얼굴을 굳혔다.

직접 이야기하라 한 것은 그였지만, 막상 듣는 것은 또 다른 기분일 터다.

특히나 수하들이 보는 앞에서 사과를 요구한다면 더더욱.

수하들이 보는 앞에서 사과한다.

확실히 자존심 상하는 일이다.

그러나 그건 어디까지나 정만의 기분일 뿐. 옥분이 신경 쓸 이유는 없다. 아니, 자존심 강하기로는 옥분도 누구한테 뒤지지 않는다.

"예. 사과! 귀하와 귀하의 수하들은 우리 적조를 모욕했습니다. 또한, 그로 벌어진 충돌을 목격했음에도 귀하는 이를 제지할 어떠한 행동도 보이지 않았지요. 사과할 이유는 충분하다고 봅니다만?"

조목조목 따져 몰아세웠다.

적조와 의혈단. 적이 아니다. 적어도 이 혈란 안에서만큼은 그랬다. 전쟁할 것이 아닌 이상에야 먼저 실수를 저지른 정만이 사과해야 함이 옳았다.

하지만.

"내가 왜?"

돌아오는 대답이 가관이다.

정만은 거기서 멈추지도 않았다.

"말 없으면 병신. 그게 뭐 틀린 말이오? 그리고 사내란 가끔 치고받고 싸우기도 하는 법인데, 왜 별것도 아닌 걸로 트집이시오?"

"허!"

당당하다.

너무 당당해서 웃음밖에 나오지 않았다.

그때.

씨익 웃었다.

누가?

의혈단주 정만이!

사과할 생각은 애초에 없다. 아니, 옅게 비틀려 올라간 정만의 입꼬리는 지금의 상황 자체를 즐기는 듯했다.

애초에 의혈단의 전력은 압도적으로 적조를 앞지른다.

"정 불만이면 덤벼 보든가!"

대 놓고 하는 도발이 반증하듯 정만으로서는 무서울 것이 없다.

아니, 오히려 환영할 것이다.

최근 부쩍 적대감과 경계심을 불태우던 정만이었으니까.

'더는 이야기할 것도 없다.'

옥분은 더는 말을 섞을 필요성을 느끼지 못했다. 쓸데없이 말해 봐야 괜한 심력 낭비다.

싸워 봐야 상황은 정만이 원하는 대로 흘러갈 뿐이다.

옥분의 머릿속에는 이미 이 이상 날뛰면 마교를 자극할 수 있다는 것도, 적조가 신강 마적 전체의 적으로 낙인 찍힐 수 있다는 것도 더는 남아있지 않았다.

대신!

씨익!

웃었다.

누가?

옥분이.

"어디 갈 데까지 가보십시다."

이대로 물러날 생각은 없다.

똥개도 맞으면 짖는 법이다.

*　　　*　　　*

적조와 의혈단.

두 집단의 수장 간에 오가는 기묘한 기류는 삽시간에 혈란을 집어삼켰다.

집단은 우두머리의 결정에 따라 움직인다.

그리고.

지금 옥분과 정만은 서로를 향해 적대감을 불태우고 있었다.

'대 놓고 싸울 수는 없지.'

돌아온 옥분은 생각을 정리하고 있었다.

무식하게 힘으로 덤빌 생각은 없다. 그것이 정만이 원하는 것이다. 이현의 눈치를 볼 필요만 없었더라면, 정만이 먼저 적조를 쳤을 것이다.

이유는 모른다.

하지만 최근 보인 정만의 적대감이라면 충분히 그럴 수 있다.

'어쩌면 제 밥그릇 뺏긴다고 생각할 수도 있지.'

가장 근접한 추측이다.

정만이 의혈단의 단주이지만, 주인은 아니다. 주인은 엄연히 이현이다. 그 힘의 역학 관계를 옥분이 파악하지 못할 리없다.

그리고.

최근 이현이 부쩍 옥분을 찾았었다.

이현의 눈치를 보아야 하는 정만으로서는 위기감을 느끼는 것도 이해가 된다.

하지만.

지금에 와서는 다 소용없다.

의혈단은 적조를 도발했고, 적조는 물러설 생각이 없다.

마적답지 않게 자존심 강한 옥분이다.

대 놓고 적조를 무시하고 도발한 정만을 가만히 내버려 둘 수는 없다.

'싸움에서 진 개처럼 꼬리 내릴 수야 없다.'

또한, 삼 조장이 다쳤다. 아니, 폭행당했다.

'수하가 맞고 돌아왔으면 수장이 복수해 주는 것이 도리!'

동료들에 대한 애착이 강한 옥분이다. 사실 매일 같이 쏟아지는 이현의 구타를 견디면서 이곳을 지키는 것도 수하들 때문이지 않은가. 작정하고 도망친다면 도망칠 자신은 있다.

사지육신 멀쩡하고, 어디 가서 사기당하고 살 만큼 어수룩하지도 않다.

그러나 옥분이 도망치고 나면 남은 적조가 위태로워진다.

그 때문에 갖은 구박과 구타를 견디며 참아 왔다.

뭉개진 자존심. 맞고 돌아온 수하.

싸워야 할 이유는 충분했다.

무식하게 직접적인 방법이 아니더라도 방법은 많다.

'약탈의 기본은 가장 소중한 것을 빼앗는 것이고, 공격의 기본은 가장 취약한 곳을 노리는 법.'

정만이 소중히 여기는 것은 이현의 관심과 인정.

의혈단의 가장 취약한 곳 또한 이현이다.

이현을 노린다. 정만을 향한 이현의 관심과 인정을 빼앗고, 이현의 인식에 적조를 의혈단의 위로 놓이게 한다.

그럼 정만과 의혈단은 무너지게 되어 있다.

의혈단의 주인은. 정만의 주인은 명백히 이현이었으니까.

"우리도 약탈에 나섭니다."

결정을 내렸다.

정만과 의혈단이 최근 이현에게 인정받는 것은 그 뛰어난 약탈 능력이다.

그럼, 거기서 앞서면 된다.

"저희도 말입니까?"

옥분의 결정에 각 조의 조장들이 놀라 되물었다.

지금까지 약탈은 최대한 자제해 온 옥분의 결정이었기에 놀랄 만도 했다.

전력 보존을 위해 몸을 사렸었다.

하지만.

옥분은 단호했다.

싸움을 결심한 이상 몸을 사려서는 안 된다.

그리고.

'어차피 이젠 그 건방진 돼지 놈을 설득할 수도 없다.'

이제 마적을 대상으로 약탈을 시작한 정만이다. 이미 정만과 틀어진 이상 더는 설득할 수 없다. 정만은 계속해서 마적 들을 털 것이다.

그리고 그 원한은 적조도 받게 된다.

겉으로 보이게는 의혈단과 적조는 이미 한 무리나 다름없 어 보일 테니까.

적조가 아무리 억울함을 토로해도 믿어 줄 리는 없다.

해도 욕먹고, 안 해도 욕먹는 것은 똑같다.

그렇다면.

"약탈 대상은 의혈단과 같습니다. 밀매업을 하는 상단과 표국. 그리고…… 같은 마적입니다!"

"대장!"

역시 수하들의 반발은 있다.

하지만 옥분은 뜻을 꺾지 않았다.

'태풍을 피할 수 없다면! 태풍의 중심에 서야 하는 법.'

태풍은 피하는 것이 상책.

하지만 피할 수 없다면 그 중심에 서야 한다.

태풍의 중심은 고요한 법이다.

"무조건 앞서야 합니다! 의혈단보다!"

관건은 누가 그 태풍의 중심에 서서 비바람의 주인이 될 것 이냐였다.

약탈 다단계.

의혈단의 출발은 거기서부터 시작된다.

악인을 약탈하고 흡수한다. 그리고 또다시 다른 악인을 대상으로 약탈을 시키고 흡수시킨다.

의혈단은 지금까지 그 체제 아래에서 성장했고, 유지되었다.

지금도 마찬가지다.

아니, 그 체제가 확장되었다.

이름하여 약탈 경쟁.

적조가 약탈을 시작하면서 의혈단과 적조의 약탈 경쟁은 불이 붙었다.

그리고.

그것은 예상치 못한 상승효과를 불러일으켰다.

"서두르십시오! 무조건 앞서야 합니다! 아시겠습니까!"

옥분이 두 눈이 벌게진 상태로 소리 질렀다.

"옛!"

수장의 외침에 적조는 뽀얀 흙먼지를 피어 올리며 신강의 대지를 내달렸다.

적조는 의혈단과 비교하면 힘도 숫자도 압도적으로 뒤진

다.

그러나 적조는 마적이다.

빠른 기동이 가능한 말이 있고, 그 말을 부릴 기마술이 있다. 그리고 무엇보다 이곳 신강은 그들의 영역. 어디에 누가 있고 무엇이 있는지 누구보다 잘 아는 이들이 바로 그들이었다.

적조의 약탈은 속도전과 정보전이다.

반면.

"뛰어엇! 못 털면 내 손에 죽는다! 알겠나!"

정만은 정만대로 혈안이 되어 있었다.

옥분이 설마 약탈 경쟁으로 전쟁을 걸어올 것이라고는 그로서도 예상하지 못했던 일이다.

그러나 질 수 없다.

이제 겨우 다시 이현의 인정을 받기 시작했다.

자고로 손에 쥐었던 것을 다시 빼앗기는 것만큼 분하고 허탈한 것은 없는 법.

정만은 이현의 인정을 빼앗길 수 없기에 더욱더 수하들을 닦달했다.

다행히.

의혈단의 숫자는 많다. 평균 무력도 훨씬 앞선다.

의혈단의 약탈은 규모와 힘의 약탈이었다.

속도와 정보를 앞세우든, 규모와 힘을 앞세우든.

사실 상관없다.

중요한 것은.

"무조건 의혈단보다 앞서야 합니다! 아시겠습니까?"

"마적 나부랭이에게 지면 내 손에 죽는다! 알겠느냐!"

상대보다 앞서는 것.

상대보다 더 많이 약탈하고, 더 귀한 것을 약탈하는 것이었
다.

싸움이 시작됐으면.

이겨야 했다.

*   *   *

"찾았습니다!"

적조와 의혈단이 약탈 경쟁을 시작했다.

앞뒤 안 가리고 그저 서로 경쟁하는 것에 열을 올리고 있
다.

그러다 보니 소문이 날 수밖에 없다.

소문이 나면 추적하는 건 쉽다.

더구나 추혈검대는 그런 쪽으로는 마교 내에서도 일가견이
있었다.

추혈검대는 혈란의 위치를 찾아냈다.

그리고 그 안에 얼마나 많은 이들이 상주하고 있는지 대략적인 파악을 끝냈다.

그 소식은 천마만만대에 전해졌다.

옥분이 걱정했던, 그러나 분노에 휩싸여 까맣게 잊어버린 위험 요소였다.

"……."

천마만만대 대주 조위헌에게까지 그 소식이 전해졌다.

"당분간 방치한다."

"예?"

조위헌의 결정에 직접 보고를 올리기 위해 찾아온 추혈검대의 대주 막야산의 얼굴에 의문이 떠오른 건 당연했다.

이미 한 번 추혈검대의 일개 조와 충돌이 있었다.

일개 조는 전멸했고, 추혈검대는 그 뒤를 쫓느라 갖은 고생을 해야 했다. 석림에서 길을 잃고 며칠이나 헤맸었다.

그런 고생 끝에 겨우 꼬리를 잡았다.

그런데 놓아두라니!

"그게 무슨 뜻입니까?"

"방금 신교에서 전갈이 도착했다. 총군사께선 최대한 빨리 이번 일이 끝나길 바라신다."

"그것이 왜……?"

"그리고 지금 무당의 애송이는 마적들을 잡아들여 흡수하고 있지."

"아!"

그제야 막야산도 짚이는 것이 있었다.

"그게 가능하겠습니까? 어쩌면 더 늦어질 수도 있습니다."

한 번에 처리한다.

그것이 조위헌이 바라는 것이다.

하지만 오히려 그때를 기다리다 늦어지는 불상사가 생길지도 모른다.

"오대 마적단을 모두 잡아들이진 못하겠지. 하지만 군소 마적단 정도는 흡수할 수 있을 것이다. 그 정도만 해도 우리에겐 이득이다."

크게 기대를 하지 않는다.

쳐야 할 때가 되면 언제든 쓸어버릴 준비가 되어 있다.

조위헌의 말투엔 그 의지가 어려 있었다.

그것이면 되었다.

"알겠습니다. 지속적으로 감시만 하도록 하겠습니다."

어차피 신강 마적 토벌의 총책임자는 조위헌인 이상 막야산이 고집을 부리는 데에는 한계가 있었다.

같은 대주이지만 추혈검대와 천마만만대는 그 급이 달랐던 것도 이유였다.

조위헌의 명령을 받은 막야산이 다시 추혈검대로 돌아갔다.

　남은 조위헌의 입가엔 비릿한 미소가 걸렸다.

　"무당의 애송이라…… 의협심이 지나치군."

　그가 벌인 일이 천마신교의 행차를 방해하기 위한 일이라면 확실히 지나친 의협심이었다.

　오해는.

　이현이 예상치 못한 곳에서 착실히 쌓여 가고 있었다.

第五章

　혈란의 위치가 발각된 지도 모르는 이현은 당장 눈앞의 상
황에 황당해했다.

　"……뭐냐?"

　적조는 의혈단을 끌어내리기 위해, 의혈단은 자신의 위치를
지키기 위해 약탈 경쟁에 돌입한 이후.

　"이번 영업에서 거둬 온 성과물입니다. 보시다시피 보리가
세 수레, 쌀이 두 수레. 아! 그리고 그 뒤에 다섯 수레는 모두
술입니다. 오는 길에 마을에 들려 몇 개 교환했습니다. 종류는
여아홍, 죽엽청 등 닥치는 대로 쓸어왔습니다. 좋아하시지 않
습니까? 술."

혀에 기름이라도 발랐는지 긴말을 쉬지도 않고 쏟아 내는 옥분을 보며 이현은 고개를 끄덕였다.

"술? 좋아하지."

술?

싫어하지 않는다. 정확히 말하면 좋아한다. 그것도 아주. 여아홍과 죽엽청. 그것만 해도 꽤나 상급의 술이다. 싫을 리 없다. 그밖에 화주가 섞여 있지만 어쨌든 술만 다섯 수레다.

좋다.

"아! 뒤에 제압된 이들은 인근의 야저(野猪)라는 마적단입니다. 숫자는 별로 안 되지만 꽤 저돌적으로 움직이는 애들입니다. 잘 가르치면 나중에 쓸 데가 있을 것입니다."

옥분이 약탈해 온 것은 술과 곡식만이 아니다.

마적도 잡아 왔다. 마적이 마적을 잡는다. 신강에서는 별 문제 될 일 없는 일이다. 흔한 일이었으니까. 강한 마적단에게 그보다 약한 마적단이 흡수되는 일은 비일비재했다.

문제는.

"무슨 꿍꿍이냐?"

털어 온 당사자가 옥분이라는 점이다.

지금까지의 옥분의 행보와는 전혀 다른 행보다. 의혈단에 사로잡힌 이후로 약탈을 나서는 일은 없었다. 소극적으로 몸을 사렸다는 것이 맞을 것이다. 하물며 같은 마적들을 털 일이 있을 리 없다. 아니, 오히려 의혈단이 마적들을 털어 오면 부담스러워 했었다.

"의혈단 애들이 다른 마적 애들 털어오는 것도 부담스러워 하던 애가, 직접 마적을 털었다? 나중에 곤란할 텐데?"

나중에 곤란해진다.

어차피 옥분은 진심으로 충성을 바치지 않는다. 이현도 크게 욕심내지 않았다.

옥분이 필요했던 머리 쓰는 일은 이미 해결했다. 그러니 이현도 굳이 옥분을 끌고 다닐 필요도 없어졌다.

옥분도 알 것이다.

일이 끝나고 이현과 의혈단이 떠날 때.

옥분이 신강에 남고자 한다면 얼마든지 남을 수 있다는 것쯤은.

그런데 같은 마적단을 털면 이야기가 달라진다.

의혈단에 이어 적조까지 대 놓고 마적들을 약탈하기 시작하면 신강의 마적들도 가만히 있지 않을 것이다.

옛날에 털어 봐서 대충 그들의 생리를 안다.

의혈단과 이현이 돌아가고 나면 무슨 수를 써서라도 적조를 향해 보복하려 할 것이다.

"곤란합니다."

"그런데 왜?"

"안 해도 곤란해지는 건 똑같습니다."

"하긴!"

옥분의 대답은 간단했다.

그리고 이현도 이해는 됐다.

이래도 곤란해지고 저래도 곤란해진다면 뭐 망설일 필요는 없다.

"쓰읍! 그래도 뭔가 수상한데?"

그런데도 납득이 되지 않는 것은.

"갑자기 왜 이렇게 열심이야?"

대충대충 딱 필요할 정도. 정확히 말하면 이현이 미쳐 날뛰어서 적조와 본인이 피를 보지 않을 정도만 일하던 옥분이다.

그런 옥분이 왜 갑자기 이처럼 열정적으로 나섰는가.

"솔직히 말해. 나 술병 걸려 뒤지게 하려고 그러지?"

약탈해 온 물자 중에 특히나 술이 많다.

어제도 그랬다. 그저께도 그랬다. 오늘처럼 약탈해 온 물자 중에 술이 없으면 물물거래를 통해서라도 꼭 술을 구해 온다.

덕분에 이제 혈란엔 쌀보다 술이 많을 지경이다.

"아닙니다."

"그럼? 이런 식으로 마적 애들 야금야금 모아다가 반란이라도 일으키려고?"

동종 직업인 마적들도 꾸준히 잡아 오는 옥분이다.

숫자만 채워진다면 반란을 꿈꾸어도 이상하지는 않았다.

"그게 가능했으면 마교가 쳐들어왔을 때 했습니다."

그런데 그것도 아니란다.

이현은 답답했다.

무언가 수상하고 통 납득이 되질 않는데, 그게 뭔질 모르겠다.

그냥 찝찝하다.

"그럼 왜! 왜 이러는 건데? 적응 안 되게! 왜? 갑자기 이 몸을 향한 충성심이 무럭무럭 샘솟기라도 한 거냐?"

답답한 마음에 지른 소리다.

그런데 웬걸.

"예!"

'예'란다.

옥분은 마치 기다렸다는 듯한 치의 망설임 없이 고개를 끄덕이고 앉아 있다.

이렇게 되니 더 황당해졌다.

"뭐?"

"그동안 도사님을 곁에서 지켜보았습니다. 거친 악인들로 구성된 의혈단을 아우르시고 감화시키는 모습도, 일신에 가지신 무공 또한 충분히 확인하였습니다. 그 같은 정의로운 모습! 또한, 스스로 이룩하신 일신의 무공 또한 능히 고수라 칭하기에 부족함이 없는 모습을 보고 이 옥분! 그리고 우리 적조의 미래를……."

뭔가 길다.

그것도 얼굴 화끈거리는 칭찬들이다. 아니, 칭찬이라기보단 칭송이나 찬양이란 말이 어울릴 듯하다.

어찌 되었든.

"어이!"

일단은 옥분의 말을 가로막았다.

"예! 도사님!"

한참 쉬지도 않고 낯간지러운 말을 잘도 쏟아 내던 옥분.

이현은 그 모습을 가만히 보다 물었다.

"너 요즘 약하냐? 앵속 태워?"

이 정도에 충성을 맹세하고 진심으로 복종할 놈이었으면 야율한 때 그 고생시키지도 않았다.

미쳤다. 제정신이 아니다.

적어도 이현이 아는 한.

마약이라도 태우지 않는 이상 제정신으로 저런 말을 할 놈이 아니었다.

"개소리 집어치우고 솔직히 말해! 대체 왜 이러는 건데!"

갑작스러운 태세 변화.

이현은 옥분의 그 갑작스러운 변화가 영 적응이 되질 않았다.

*   *   *

옥분이 이현에게 의혈단을 견제하기 위해서라는 이야기를 하지 않은 것.

그건 간단하다.

의혈단. 아니, 정만이 원하는 것은 이현의 인정과 칭찬.

그것을 가로채려면 사실을 이야기해서는 안 된다.

'실은 난 그쪽이 영 미친놈 같아 마음에 들지 않습니다. 허나, 의혈단 하는 꼴이 보기 싫어서 이 마음에도 없는 짓거리를 하고 있습니다.'라고 이야기해 봐야 돌아오는 것은 이현의 욕과 폭력일 것이 뻔했으니까.

칭찬을 가로채야 한다. 뺏어 와야 한다.

그러니 일단은 본심을 숨겨야 했다.

그렇게 이현이 급반전한 옥분의 태도에 찝찝함을 느끼든 말든.

적조와 의혈단의 약탈 경쟁은 점점 더 뜨겁게 달아오르고 있었다.

그리고.

이 뜬금없는 경쟁은 신강을 뒤흔드는 폭풍과 같았다.

"하하하! 이번에 잡아 온 마적 놈들입니다!"

줄줄이 마적들을 엮어 온 옥분이 자랑했다.

"오대 마적단이라 부르긴 부족할지 모르지만, 그래도 제법 실리 있는 녀석들입니다. 예상대로 모아 놓은 것들도 제법 되더군요."

잡혀 온 마적들 뒤로 줄줄이 딸려 오는 수레를 자랑하며 옥분이 대수롭지 않게 보고한다.

"마적 씨를 말릴 셈이냐?"

보다 못해 이현은 한마디 했다.

약탈 경쟁.

그러나 그러한 경쟁에서 필수적으로 따라붙는 조건이 있다.

약탈의 대상은 오로지 악인이다. 최소한 범법자다. 그것도 타인의 시선으로 보았을 때에도 충분히 털려도 누구 하나 동정하지 않을 만한 놈들이 대상이어야 한다.

밀수밀매를 하는 상단과 표국이 대상이 될 수도 있다.

하지만 경쟁 속에서 상단과 표국은 별다른 매력이 없다.

큰 위험에는 큰 이득이 뒤따른다는 말처럼.

오로지 상대보다 값진 노획물을 얻어야 하는 적조와 의혈단의 입장에서는 더욱 큰 건이 필요했다.

당연히 화살은 신강에 널리고 널린 마적들을 향했다.

시작은 혈란 인근의 마적들이었다.

하지만.

점점 더 규모가 커진다.

거기에는 옥분의 요구도 한몫했다.

"생포한 마적들은 제게 배속해 주십시오. 마적은 마적이 다뤄야 하지 않겠습니까?"

마적을 약탈 대상으로 잡은 이상.

적조와 의혈단이 생포해 오는 마적들의 숫자는 늘어날 수밖에 없다.

그것을 달라고 요구한 것이다.

"그러던지."

당연히 이현은 대수롭지 않게 고개를 끄덕였다.

잠시 정만과 의혈단의 반발이 있었지만, 깔끔하게 무시해 주었다.

그로서는 의혈단이 마적을 이끌든, 적조가 마적을 이끌든 상관없는 일이었다.

아니, 현실적으로 생각해 보아도 의혈단이 마적들을 다루기보다는 같은 마적인 적조가 마적들을 다루는 것이 나았다.

의혈단은 규모는 이미 비대했고, 마적들의 생리를 꿰뚫고 있는 쪽 또한 아무래도 마적 출신인 적조였으니까.

어찌 되었든.

옥분은 수완이 좋은 사람이다.

의혈단과 약탈 경쟁을 늦추지 않으면서도 얻을 것은 확실히 얻었으니까.

의혈단보다 터무니없이 떨어지던 전력의 차이를 어느 정도 극복하는 방법이기도 했다.

그리고 그것도 모자라 옥분은 의혈단의 구성 사례를 이용하여 포로로 획득한 마적들을 확실히 아우르고 있었다.

의혈단의 약탈 다단계를 고스란히 베껴와 활용해 잡아 온 마적들을 다루기 시작한 것이다.

여하튼.

"제길! 그때 허락하는 것이 아닌데……!"

한 달이란 시간이 지나기도 전에 이현은 그때의 결정을 후회해야 했다.

잡아 온 마적 놈들을 적조에 몰아주면 안 되었었다.

여전히 현재 진행형인 의혈단과의 약탈 경쟁 속에 날로 규모가 커지는 적조.

그것은 곧.

지금까지 적조가 넘보지 못했던 상대를 노리는 것이 가능하게 했다.

적조를 포함한 황충(蝗蟲), 백걸(百乞), 혈랑(血狼), 구효(口淆).

신강 오대 마적단을 말이다.

물론, 적조만 신강 오대 마적단을 집어삼킨 것은 아니다. 의혈단 또한 오대 마적단을 노린 것은 마찬가지다.

결국, 불과 한 달이란 시간 안에 오대 마적단이 모두 잡혀 왔다.

마교의 무사들도 하지 못한 것을 경쟁에 눈이 먼.

적조와 의혈단이 해낸 것이다.

이현은.

"여기가 무슨 콩나물시루냐! 왜 이렇게 비좁아!"

혈란에 버글거리는 시커먼 것들이 그리 달갑지만은 않았다.

*   *   *

의혈단과 적조의 경쟁 체제 아래.

신강의 마적 중 삼분지 일이 이현의 밑으로 통합되어 버렸다. 아니, 어쩌면 그 이상일지도 몰랐다.

통합된 삼분지 일 중에는 신강 마적 중에서도 다섯 손가락 안에 꼽히는 오대 마적단이 모두 속해 있었으니까.

이대로 자그마한 현 하나는 일각도 안 되는 시간 안에 휩쓸고 지나갈 수 있을 전력이다.

그렇게 이현이 원치 않은 성장을 이룩했을 때.

신강의 마적을 지우기 위해 출병한 마교 측에도 그 소식은 전해졌다.

"우리가 무능한 것인가?"

천마만만대의 대주 참생도(斬生刀) 조위헌이 무심히 중얼거렸다.

그는 사실상 마교의 이번 마적 토벌의 총책임자였다.

그의 무심한 중얼거림에 부대주가 조심스럽게 고개를 저었다.

"흥분하실 것 없습니다. 이미 예상했던 일이지 않습니까?"

"예상? 예상이라…… 그랬지!"

조위헌도 전혀 예상하지 않았던 것은 아니다.

실제, 그들의 위치를 확인하고도 내버려 두라 명령한 것은 조위헌이었다.

그러니 예상하지 못한 것은 아니다.

"추혈검대가 적조라는 마적 놈들의 흔적을 놓쳤을 때. 추혈검대로부터 적조를 빼 간 것이 무당의 어린놈이 이끄는 의혈단의 소행이란 것을 알았을 때. 예상은 했었다. 절반은!"

절반의 예상.

"몰라서 내버려 둔 것은 아니었으니까요."

끄덕.

부관의 덧붙이는 이야기에 조위헌은 작게 고개를 끄덕였다.

몰라서 내버려 둔 것은 아니다.

처음에는 무당과의 관계 때문에 일단 보류했다. 마적을 지우기 위해 온 길이다. 그러던 차에 무당의 제자가 이끄는 의혈단과 엮였다. 그래서 일단은 지켜보았다.

그 목적이 무엇인지를 확인하는 것이 우선이었으니까.

그리고.

반쯤은 기대하기도 했다.

"알아서 모아주면 우리로서는 편한 일이었으니까."

무당 제자 이현과 그가 이끄는 의혈단이 알아서 신강의 마적들을 흡수하길 원했다.

한 번에 처리하기에는 그편이 편했으니까.

그런데 절반의 예상과 절반의 기대 이상이다.

"우리는 파악하지 못한 오대 마적 놈들을 저들은 한 달이란 시간 만에 통합했다."

소재조차 파악하지 못한 오대 마적단이다. 그런 그들을 모두 찾아 집어삼켰다는 것은 정말 대단한 일이다.

또한, 오대 마적단이라는 상징성도 작지 않았다. 오대 마적단만 모두 죽여 없애도 신강의 마적 절반 이상은 지웠다고 보아도 좋았다.

달리 말하면.

지금 이현과 의혈단은 신강 마적단의 반절 이상을 손에 넣은 셈이 된다.

절반의 기대와 절반의 예상.

헌데 상대는 그보다 몇 배나 큰 성과를 만들어 냈다.

또한, 싸워야 할 적이다.

"초기 합류한 적조의 활약이 컸다고 봅니다. 그들은 본디 이곳 신강에 뿌리를 둔 마적. 더구나 그들 또한 오대 마적 중 하나로 꼽히는 강자입니다. 다른 사대 마적들의 소재지와 이동 경로는 이미 오래전부터 파악해 두었을 것입니다."

부대주가 애써 납득할 만한 이유를 붙였지만 딱딱한 조위헌의 표정은 나아지지 않았다.

"우리는 못한 일이지."

천마만만대는 머물러 대기 중이다. 추혈검대는 여전히 이현과 의혈단이 머물고 있는 혈란 인근에서 그들의 흔적을 찾아 헤매는 척 위장하고 있다.

하지만.

나머지 천마혈검대와 천마수신위는 다르다.

각각 흩어져 마적들의 흔적을 쫓고 추살하고 있다. 그 목표 대상에는 분명 이현이 흡수한 오대 마적 또한 포함되어 있었다.

결국.

천마신교도 하지 못한 일을 무당파의 제자는 할 수 있었다는 이야기다.

그것도 아주 짧은 시간에.

"기분이 좋지는 않군!"

기분이 좋진 않았다.

씁쓸했다.

무엇보다 조위헌은 그 씁쓸한 감정 속에서 이질감을 느끼고 있었다.

'반대를 뒤엎고 이 차 마적 토벌을 명령한 천마.'

대외적인 일들에서 늘 한발 물러섰던 천마가 이례적으로 전면에 나서 고집을 부렸다.

'어느 날 갑자기 의혈단이란 단체를 만들어 신강에 나타난 무당파의 제자.'

한낱 무당파의 제자가 의혈단이라는 단체를 만들었다. 짧은 시간에 덩치를 불렸고, 그 모든 일이 이곳 신강에 당도하기까지 벌어진 일들이었다.

'마적을 집어삼킨 의혈단과 무당의 제자.'

신교는 마적 토벌을 천명했다. 그런데도 무당파의 제자는 중간에 난입해 마적들을 흡수해 버렸다.

그것이 무언가 이질적이다.

"과연 우연일까?"

마치 무당파가 먼저 신교에 전쟁을 걸어오는 것 같은 이 상황이 단지 우연으로 벌어진 일인지 확신이 서질 않았다.

그때였다.

푸드드득!

조위헌의 어깨 위로 매 한 마리가 날아와 앉았다. 매의 날카로운 발톱이 조위헌의 어깨를 움켜쥔다. 하지만 그뿐이었다. 발톱은 조위헌의 어깨를 파고들지 못했다.

조위헌은 매의 다리 묶인 서찰을 풀어 읽었다.

여전히 이질적인 기묘함은 가시지 않은 채였다.

피식.

그리고 웃었다.

"추혈검대 대기. 천마혈검대는 합류하라 전해라. 천마수신위는…… 아! 태극검제는? 아직 그대로인가?"

순식간에 명령이 쏟아져 나온다. 그 뒤에 따라붙은 물음에 부대주는 급히 대답했다.

"예! 남쪽에서부터 올라오는 모양새라 합니다."

"좋다. 천마수신위는 검제를 맡는다."

검제를 맡는다.

"그 의미는?"

순간 부대주의 눈이 커졌다.

"전쟁이다."

천마수신위가 태극검제를 죽인다. 그렇다면 천마만만대에 합류한 천마혈검대는 곧 이현과 의혈단을 상대한다는 계산일 것이다.

"대체 서찰에 무엇이라고 적힌 것입니까?"

부대주는 물었다.

일이 이렇게 된 순간부터 예정된 수순이다. 하지만 너무 급작스러운 것도 사실이다.

펄럭!

부대주의 의문에 조위헌은 대답 대신 사찰을 직접 던져 전해 주었다.

입 아프게 이야기할 필요가 없다.

그러한 조위헌의 의도대로 서찰을 읽어 내려가는 부대주의 표정이 무겁게 굳어갔다.

그리고.

"충! 준비하겠습니다!"

부대주 또한 갑작스러운 전쟁을 받아들였다.

*   *   *

마교가 무슨 생각을 하는지 알지도 못한 채.

아니, 안중에도 두지 않은 채.

의혈단과 적조의 약탈 경쟁은 계속되고 있었다.

영업에 나섰다 돌아온 옥분은 자신이 가지고 온 성과물의 모든 보고를 끝마쳤다.

"의외로 오늘은 무난하다?"

이현도 의외일 만큼 오늘 옥분이 가져온 성과물은 그리 특별할 것이 없었다.

오히려 평소보다 조금 모자랄 정도다.

"그렇습니까?"

그런 이현의 물음에 옥분은 옅게 미소를 지었다.

"아! 마지막으로!"

그리고 문득 생각났다는 듯 끌고 온 수레 뒤에서 무언가를 들고 왔다.

"뭐냐?"

"여우입니다."

"……."

옥분이 수레 뒤에서 들고 온 그것은 분명 여우다. 이현이 보기에도 여우 같다.

문제는.

"무슨 여우가 저래?"

여우 같은데 전혀 여우 같지 않다.

그 말 그대로다.

한눈에 봐도 여우 같은 그것은 이현이 중원에서 보았던 여우와는 전혀 딴판으로 생겨 먹었다.

그런 이현의 의아한 시선을 한 몸에 받는 당사자는.

"……."

고요하다.

여우가 무슨 말을 하겠느냐마는 소리 내 울지도 않는다.

소리만이 아니다.

"서장에서 서식하는 여우랍니다. 이번에 운이 좋아 얻었습
니다."

옥분의 설명에도 여우의 눈은 고요하다.

중원의 여우보다 훨씬 쭉 찢어진 눈을 가진 그것은 소란스
러운 이 한복판에서도 불안해하기는커녕 가만히 자리 잡고 앉
아만 있다.

"서장은 여우도 염불 외냐?"

꼭 염불 외는 고승의 그것과 닮아 있었다.

사람 말만 할 줄 알면 '색즉시공공즉시색(色卽示空空卽示
色)'하며 반야바라밀다심경이라도 읊을 기세다.

"구우면 사리 나오겠다."

진짜!

진심으로 불에 태우면 사리라도 나올 인상이다.

서장 여우를 구경하던 이현은 옥분을 바라보았다.

"그런데 이걸 왜 갖고 왔냐?"

"그냥 가지고 왔습니다. 도사님 구경하시라고요."

"⋯⋯."

"내키시면 잡아다 술안주로 올리겠습니다."

"사리 나올 것 같다니까? 저걸 찝찝해서 어떻게 안주로 처먹어?"

말도 안 되는 소리다.

이현이 요괴도 아니고, 구우면 사리 나올 것 같은 여우를 어떻게 술안주로 먹는단 말인가.

잡아먹으면 찝찝할 것 같은 인상이다.

"드시기 뭣 하시면 청화 선자(仙子)님께 드리셔도 될 듯싶습니다만?"

"쥐똥한테?"

"여자들은 보통은 이런 동물 같은 거 좋아하지 않습니까."

"흠⋯⋯!"

태연한 옥분의 대답에 이현은 눈을 가늘게 떴다.

여우를 잡아먹기 싫으면 청화에게 주란다.

아무렇지 않게 대답했지만 이제야 얼추 이해가 갔다.

'나한텐 칭찬을 못 받겠으니까, 청화를 노린다는 건가?'

청화라면 싫어하지는 않을 것 같다.

이래저래 호기심 덩어리인 청화에게는 이상하게 생긴 이 서장 여우는 충분히 반가운 존재일 것이다.

더욱이 인정하긴 싫지만 배분은 확실히 청화가 높다. 뒷배로 혜광까지 있어서 이현도 함부로 하기 껄끄러운 상대다.

옥분은 그것을 노리는 것이다.

오늘 성과물로는 이현의 칭찬을 받지 못할 것이 뻔하니, 대신 청화를 노리는 것이리라.

"약은 놈!"

확실히 약은 놈이었다.

"하하하하! 뭐 저딴 걸 가지고 왔답니까? 보십시오! 저희가 오늘 가지고 온 것은……."

이때다 싶었는지 나서는 놈이 있다.

물어볼 것도 없이 정만이다.

정만은 자신 있는 목소리로 자신의 성과물을 자랑했다. 가지고 온 물품이 어느 상단의 물건인지, 그 상단이 얼마나 나쁜 악행을 저질렀는지 충분히 설명했다.

또한.

"이번에 가지고 온 식량이면 한동안 끼니 걱정은 할 필요는 없을 것입니다. 그리고 이 비단으로 말씀드리면 저 멀리 동쪽에서……."

수레 위로 수북이 쌓인 비단을 자랑한다.

정만의 설명대로라면 명문 세도가에서 웃돈을 주고서라도 어떻게든 구하려고 하는 상등품의 비단이라고 한다.

그때였다.

투두둑!

자신 있게 툭툭 치던 정만의 손길에 의해 수레 위에 쌓인 비단 더미가 바닥으로 떨어져 내렸다.

비싼 비단이 흙바닥에 굴렀으니 그 가치가 떨어질 일이다.

하지만 누구도 그것을 신경 쓰지 않았다.

바닥으로 떨어진 비단 더미 아래 드러난 그것은 화려한 비단과 대비되는 물건이었다.

피풍의. 검. 무복.

그리고 그것들 위에 하나하나 섬세하게 새겨진 네 글자.

"……처, 천마신교?"

누구의 입에서인지 모를 말이 튀어나왔다.

비단 더미 아래에 숨겨져 있던 그것들에 새겨진 글자는 천마신교란 네 글자다.

그리고.

천마신교의 다른 이름은 마교.

현재 마적 멸살이라는 특명을 띠고 신강을 뒤엎고 있는 이들이 속한 단체였다.

"이, 이게 왜 여기에?"

지금까지의 자신만만한 모습은 사라지고 정만은 당황해서 더듬거렸다.

하지만 이미 변명하기에는 늦었다.

천마신교의 물건은 혈란에 있고, 천마신교의 물건을 취급하던 상단은 이미 몰살한 상황이다.

이현은 웃었다.

"정만아? 네가 기어이 사고를 치는구나?"

"네? 넵! 도사님! 오, 오해입니다! 으, 음해입니다! 간악한 놈들이 수작을……!"

이현의 부름에 정만이 뒤늦은 변명을 시작하려 했지만, 통할 리 없다.

"일단 맞자!"

이현은 단호했고.

"……살려만 주십시오!"

정만은 체념했다.

이현 휘하의 의혈단은 겁도 없이 마교의 보급품을 털었다.

*　　　*　　　*

마교는 공포의 상징이다.

하지만 그들 또한 사람이다. 먹고, 싸고, 자야 하며, 입어야 한다. 수시로 무기를 관리해야 하고, 관리하지 못할 만큼 망가진 무기는 교체해야 한다.

이 광활한 신강에서도 마찬가지다.

마적 토벌을 목적으로 신강을 뒤집어엎은 마교도들도 먹을 것과 입을 것, 교체할 무기가 필요하다.

비밀리에 상단을 수배, 혹은 협박하여 보급에 이용할 수밖에 없다.

정만이 털어 온 것은 그것이다.

그리고.

겁도 없이 마교의 물건을 털어온 정만의 그 행위 자체가, 마교에 대한 선전포고와 다를 바가 없었다.

옥분은 곧장 행동에 들어갔다.

"각지에 흩어진 마교의 전력들이 한곳에 모이고 있답니다."

신강에 터전을 둔 적조인 만큼 정보의 수급은 의혈단에 비할 바가 아니다.

순식간에 마교의 동태를 살핀 옥분의 보고가 이어졌다.

"예외적으로 천마수신위와 추혈검대가 독자적으로 움직이고 있습니다. 천마수신위의 이동 경로로 보아 그들의 목적은……."

옥분이 말끝을 흐린다.

그답지 않게 눈치를 살피는 꼴을 보아하니 말하기 민망한 사안이란 것쯤은 충분히 짐작이 갔다.

"왜? 노땅들 치러 가냐? 이 몸의 스승인 태극검제와……."

"예!"

"좋네. 건투를 빈다고 전해라. 제발 좀 그 노인네들 죽일 수 있으면 좋겠다고."

걱정 따위는 없다.

천마수신위가 아무리 강하다 한들 청수진인의 곁엔 혜광이 함께 있다.

천하십대고수로 꼽히는 태극검제 청수진인만 해도 만만치 않은 상대이거늘, 하물며 혜광까지 같이 있다면 걱정할 것 없다.

차라리 지금 신강에 있는 모든 마교도들이 그들을 노렸으면 그나마 가능성은 있었을지도 모른다.

'노인네들 기운도 좋아.'

오히려 아쉬웠다.

청수진인과 혜광은 이현을 옥죄는 족쇄다. 이참에 확 죽어 버려 그 족쇄가 풀렸으면 좋겠는데, 전혀 그럴 가능성이 없다.

'쩝! 어쩔 수 없지!'

이현은 애써 아쉬움을 뒤로했다.

"계속해."

"예. 추혈검대는 줄곧 혈란 인근을 배회하고 있던 움직임을 멈추고 대기 중입니다. 이쪽을 찾으려는 움직임은 보이지 않는 것으로 보아……."

일변한 마교도들의 움직임 속에서도 가장 가까운 곳에 있는 추혈검대는 움직임을 멈췄다.

의미하는 바는 간단했다.

"소재 파악은 이미 되어 있었다?"

"예! 아마 대기하면서 이쪽의 동태를 살피려는 모양입니다."

"그렇군."

고개를 끄덕인다.

대충 돌아가는 상황이 그려졌다.

그러나 옥분은 불안한 모양이다. 마교라는 이름이 가져다주는 중압감은 그만큼 무거운 것이었으니까.

"어찌하시겠습니까?"

의중을 묻는다.

어차피 모든 결정은 이현이 내리는 것이니 그의 생각이 가장 중요하다.

옥분의 불안한 시선을 한눈에 받고 있는 이현은 오히려 태연했다.

"싸우자는 뜻이잖아?"

"예. 하지만 저들이 정마대전을 벌일 것이 아닌 이상 협상의 여지는……."

옥분이 빠르게 자신이 생각한 상황을 설명했다.

상황이 복잡하다.

어차피 마교의 일차적인 목표는 마적이다. 또한, 이현은 명문정파인 무당파의 제자. 지금까지 사로잡은 마적들을 넘긴다는 조건이라면 이현은 얼마든지 빠져나갈 수 있다.

그 경우 적조를 비롯한 혈란에 잡혀 온 마적들은 죽은 목숨이다.

조금의 살 구멍도 없다.

하지만 그렇게 하지 않으면?

싸워야 한다.

마교와의 싸움이다. 당장의 싸움도 쉽지 않다. 절반. 아니, 어쩌면 그 이상이 죽어 나갈지도 모른다.

또한, 이 일은 자칫 정마대전의 시발점이 될지도 모를 커다란 일이다.

'도사님의 입장에서는 어느 쪽도 선택하기 어려우실 것이다. 아니, 평소 도사님의 성격이라면……'

옥분은 이현의 결정을 가늠했다.

평소 옥분이 본 이현은 동료애가 강한 인간이 아니다. 밑에서 개고생을 하든 말든 제 한 몸 편하면 그만인 인간이다.

그런 이현이라면 마적을 넘기는 대가로 이 폭풍의 소용돌이서 빠져나가는 것을 생각할지도 모른다.

옥분의 눈빛은 복잡했다.

하지만.

정작 이현은 여전히 별생각이 없었다.

"협상은 개뿔! 잘됐네! 이제 고민할 필요도 없고."

아니, 오히려 시원해하고 있었다.

'언제까지 죽치고 앉아 있을 수도 없는 노릇이고.'

일전에 옥분과 했던 이야기다.

비틀린 과거. 야율한의 몸을 가진 누군가는 어디에 있는가.

그때 옥분은 말했었다.

이번 일을 계획한 이가 야율한의 몸을 가진 누군가라면, 결국 그는 스스로 모습을 드러낼 것이라고.

설혹, 모습을 드러내지 않는다면?

그가 모습을 드러낼 일을 벌이면 된다고 했다.

예를 들어 지금 신강에 들어온 마교도들을 쓸어버린다든가.

그 때문에 고민했었다.

하지만 이제 고민할 필요가 없다.

어차피 가만히 앉아 있어도 마교는 공격해 온다.

그리고 무엇보다.

"싸우자는데 싸워야지!"

이현은 걸어온 싸움을 피하는 사람이 아니었다.

第六章

  이현의 결정이 내려지고 의혈단과 적조는 빠르게 전쟁을
준비했다.

  옥분은 하루에도 몇 번씩 전쟁을 위한 계책을 내놓았고,
지은 죄가 있는 정만과 의혈단은 그저 묵묵히 이현이 시키는
대로 움직일 수밖에 없는 처지다.

  그러는 사이.

  천마만만대를 중심으로 일 차 합류를 마친 마교가 이동을
시작했다.

  그리고 보름.

  천마만만대와 천마혈검대를 중심으로 한 마졸들이 추혈검

대와 합쳐졌다.

이제.

신강에 들어와 있는 마교의 대부분 전력이 코앞에 밀집해 있는 상황이다.

그 숫자만 일천이백.

대기는 날 선 긴장감으로 가득 찼다.

"의혈단과 마적이 움직였습니다. 평지로 이동해 태세를 갖추는 모습입니다만…… 전력을 분산하는 모습도 함께 포착됩니다."

추혈검대의 대주인 막야산의 보고에 조위헌은 관심을 보였다.

곧 전쟁이 시작될 것이다.

그것은 상대도 알고 그들도 아는 사실이다.

그런 상황에서.

이현이 이끄는 의혈단과 마적단이 스스로 협곡을 벗어나 평탄한 대지로 자리를 옮겼다.

"전면전을 하자는 의미로군. 그래. 숫자는 그쪽이 앞서지."

"맞소. 숫자가 앞서니 오히려 그쪽이 이득이라 생각한 듯하오. 그 많은 숫자를 포용하기에는 협곡은 좁을 것이니…… 오히려 서로 발목을 잡을 수도 있는 일이오."

천마혈검대의 대주인 창후간도 자신의 의견을 내놓았다.

추혈검대와 달리 천마만만대와 천마혈검대는 교내에서도 대등한 위치에 놓여 있었다.

비록 천마만만대가 이번 일의 총책임을 맡았으나, 천마혈검대를 아래로 놓을 수는 없다. 그저 임무에 따른 협력관계로 보는 것이 옳았다.

창후간의 생각에 조위헌은 고개를 끄덕였다.

"같은 생각이오. 아마, 단기전일 될 테지."

탁 트인 벌판에서 싸우는 일이다. 사방이 도망칠 곳이지만, 동시에 어디로 도망쳐도 숨을 곳이 없다.

더욱이 전투 중에서는 더더욱.

하루. 아니, 반나절이면 전쟁은 끝날 것이다.

"관건은 놈들이 전력을 분산하고 있다는 것이오. 놈들의 속셈을 알아야 할 것이오. 추혈대주?"

창후간의 시선에 막야산은 곧장 멈춰졌던 보고를 이었다.

같은 대주이지만 창후간은 그의 윗사람이다.

막야산의 음성은 경직되어 있었다.

"마적과 의혈단을 분산하는 모습입니다. 의혈단이 선두에 서고 삼백 보 뒤에 마적들이 따로 진을 치고 있습니다."

"일차적으로 의혈단이 우리를 막아 세우면, 마적 놈들이 이차적으로 뒤를 노린다는 심산인 것 같소."

창후간이 자기 생각을 밝혔다.

그 말에 막야산은 물론 조위헌 또한 고개를 끄덕여 동의했다.

굳이 전력을 분산할 이유는 그것밖에 없다.

시야가 탁 트인 평원에서 별다른 속임수를 쓰기 어렵다는 것도 창후간의 의견에 힘을 더해 준다.

피식!

"자충수로군!"

조위헌은 웃었다.

"무슨 소리요?"

창후간을 비롯한 막야산의 의문에 찬 시선을 받으며 조위헌은 말했다.

"후미에 진을 친 마적은 걱정할 것 없소."

무당의 제자가 저지른 실수.

보통의 상황이었다면 적절한 수가 되었을지는 몰라도, 지금의 상황에서는 절대 하지 말아야 할 실수다.

"마적들은 우리를 공격하지 않소!"

조위헌은 확신했다.

*   *   *

조위헌의 확신은 의혈단의 후미에 있는 적조의 구성원이 모두 마적이라는 데에 있었다.

마적들은 본디 이기적인 집단이다.

자신들의 이득을 위해서만 움직이고, 본인의 안위를 우선으로 여긴다. 거기엔 의리 따위는 중요치 않다.

지옥이나 다름없는 신강의 척박한 환경 속에서 살아남기 위해서는 의리와 충성심 같은 것은 불필요한 요소에 불과했다.

더구나 적조를 제외한 남은 사대 마적단이 흡수된 기간도 길지 않았다는 문제가 있다. 융화가 될 시간이 없었음은 물론이고, 그 과정에서의 강제성까지 가미되어 있다.

말을 타고 있으니 당장 도망치려면 얼마든지 도망칠 수 있는 상황.

그들로서는 그다지 많은 시간을 함께 하지도 않은, 그리고 원해서 합류하지도 않은 동료를 위해서 희생을 감수할 이유 따윈 없다.

그리고.

그러한 조위헌의 확신은 틀리지 않았다.

"마교와 싸운다 하는군. 어찌할 건가?"

신강 오대 마적단 중 하나이자, 강제로 적조에 합류된 마적단 황충의 대주가 가장 먼저 입을 열었다.

이현이 이미 마교와의 일전을 결정했다는 것은 익히 알려진 사실이다. 그로 인한 준비는 지금 이 순간에도 계속되고 있다.

"우리에게 선택의 여지랄 것이 있습니까? 요즘 부쩍 감시의 눈초리가 늘었습니다."

백걸의 우두머리가 그의 말을 받았다.

그는 최근 심해진 주위의 관심을 언급하며 그들에겐 아무것도 결정할 권한이 없음을 강조하고 있었다.

"전투가 시작되면 그 감시도 소용없는 일이지요. 또한 우리는 후미에 있지 않습니까? 기껏 우리를 통제하는 것도 배신자 적조뿐입니다."

구효는 생각이 다른 듯했다.

"그 말은?"

혈랑이 솔깃한 얼굴로 구효를 바라보았다. 구효의 말은 잘만 하면 이 상황에서 빠져나갈 방법이 있다는 것과 같았으니까.

그것은 다른 이들 또한 마찬가지.

모두의 시선이 구효에게 모였다.

"간단합니다. 전투가 시작되면 우리는 곧장 이곳에서 이탈하면 그만이지요. 어차피 적조만으로는 저희를 제지할 수 없습니다."

"……아!"

그제야 남은 세 마적의 우두머리들이 감탄을 터트렸다.

간단한 일이다.

하지만 그 간단한 일이 확실한 일이기도 했다.

"무당파의 제자가 어리기 때문인지 몰라도 너무 순진한 작전을 구사했군요."

웃음을 짓는 구효의 모습에 나머지 세 명도 함께 흥소를 지었다.

어린 무당 제자.

그 말은 곧 세파의 더러움을 겪어 보지 못했음을 의미했다. 그래서 이처럼 조금만 생각해도 알 수 있을 법한 간단한 실책조차 파악하지 못한 것이리라.

애초에 마적들만 따로 떼어 놓은 것 자체가 실수다.

"우리로서는 좋은 일이지. 간단해서 좋구만. 그리하세."

"동의하오."

"동의합니다."

나머지 세 사람이 고개를 끄덕인다.

구효는 세 사람의 동의에 더욱더 목소리를 낮추었다.

"관건은 다른 마적들을 포섭하는 일입니다. 함께하는 이들이 많으면 많을수록, 저희는 탈출하기 수월합니다. 한 손으로 열 손을 막기 어려운 것과 같이, 한 손으로 백 손을 막기는 더더욱 어려운 법이니까요."

"그건 각자 맡기로 하지. 시기는?"

"적조가 돌격 명령을 내릴 때가 좋겠습니다. 반드시 동시에 움직이셔야 합니다. 그렇지 않으면 일이 꼬일 수도 있음을 명심하십시오."

"그리하지."

이로써 끝이다.

사대 마적단의 작당 모의는 끝났다.

이제 탈출을 위한 준비를 해야 할 때다. 겉으로는 마교와의 일전을 준비하는 척하며 뒤로는 군소 마적단을 포섭해야 한다.

*   *   *

물론, 그들은 마적이다.

마적은. 특히나 속한 곳이 다른 마적들은 서로를 믿지 않는다.

각자의 자리로 돌아간 사대 마적들은 약속이라도 한 듯 비밀리에 명령을 내렸다.

"출격 명령이 떨어지면 준비를 마친다. 허나, 먼저 움직이지는 마라. 우리가 움직일 때는 다른 놈들이 먼저 움직인 다음이어야 한다. 그래야 적조가 우리의 발목을 잡지 않을 것이다."

만에 하나 적조가 발목을 붙잡는다면.

그건 먼저 전장을 이탈하려는 마적단일 것이다.

굳이 스스로 먼저 움직여 적조에게 발목 잡힐 이유는 없었다.

"남이야 어찌 되었든. 우리만 살면 된다!"

그것이야말로 신강 마적들의 생존 강령이었다.

이현 휘하 옥분이 지휘하는 적조 내에서는 동상이몽이 실시되면서도, 표면적으로는 아무런 문제도 일어나지 않았다.

그렇게 사흘이 지난 늦은 밤.

그 사이 의혈단과 적조는 바쁘게 돌아다니며 마교와의 일전을 준비했다. 이따금 너른 들판을 내달리기도 하고, 거칠고 메마른 땅을 뒤집어엎기도 했다.

그에 반해.

그 모든 동태를 지켜본 마교는 더는 적조와 의혈단의 행동을 신경 쓰지 않았다.

이 이상 적조와 의혈단의 동태를 살필 필요성을 느끼지 못한 것이다.

아니, 오히려 분주한 그들의 행동이 그들의 초조함을 드러내는 반증이라 여기고 있었다.

땅을 뒤엎는 행동을 보아 함정을 만드는 듯했지만, 그 또한 걱정할 것 없다.

기껏해야 땅을 파헤쳐 빠지게 하는 정도다.

말을 탄 채 돌격하는 일만 아니라면 그 같은 원시적인 함정에 빠져 곤란에 빠질 사람은 적어도 그들 사이에는 없었다.

그만큼 위협될 것은 없다.

어둠이 내린 지평서 너머 이현이 자리하고 있을 방향을 응시하던 조위헌이 조용히 입을 열었다.

"총군사께서 빨리 돌아오라는군."

오늘 늦은 저녁.

총군사로부터 명령이 전달되었다.

하루빨리 신강의 일을 정리하고 신교로 복귀하라는 내용.

더는 지켜볼 이유도 없는 상황에서 내려진 명령이다.

마다할 것 없다.

아니, 오히려 환영할 만한 이야기다.

"단번에 정리한다. 출(出)!"

마교의 마적 토벌대가 전쟁을 시작했다.

*　　　*　　　*

"굼벵이를 삶아 먹었나. 왜 이렇게 늦어?"

저 멀리 마교를 상징하는 깃발이 지평선 너머에서 슬그머니 올라온다.

그리고 마침내 깃발이 온전히 모습을 드러내었을 때.

마교도들의 모습 또한 하나둘 드러나고 있었다.

일천을 훌쩍 넘는 숫자의 마교도들이다.

말을 탄 그들이 다가오는 모습은 마치 시커먼 벽이 다가오는 듯했다.

마교가 출병했다는 정보를 입수한 지 꼬박 하루만이다.

마교의 마적 토벌대들이 서두르지 않았기 때문이다.

단 한 번도 말을 달리지도 않았고, 틈틈이 멈춰 서 휴식을 취했다고 했다.

체력을 보존하고 혹시 모를 함정에 대바하기 위함일 것이다.

어차피 이현이 어디로 도망갈 것은 아님을 저들도 아는 것이리라.

싸움에 능숙한 이들이다.

물론, 그 때문에 한참을 황량한 벌판에서 먼지바람 맞으며 기다려야 했던 이현으로서는 그다지 달갑지 않은 상대들이었다.

기다리게 하는 상대는 따분하다.

"괘, 괜찮겠습니까?"

그동안 이런저런 준비를 하느라 바쁘게 뛰어다니던 정만이 조심스럽게 물었다.

눈알이 이리저리 흔들린다.

등 뒤에 물을 둔 것과 같은 상황에 떠밀리듯 마교와의 일전을 준비했지만, 막상 눈앞에 마교도들의 모습을 확인하고 나니 불안한 모양이다.

"뭐가? 아! 쟤네? 괜찮아. 쟤들 다 좀밥이야."

물론, 이현에게서는 긴장이란 기색은 찾아볼 수도 없다.

'마교도 무너트렸었는데 저깟 놈들이 뭐가 대수라고.'

혈천신마 때는 천하를 손안에 쥐었던 이현이다. 마교를 무너트리는 것도 아니고, 고작 마교의 일부를 상대하는 일이다.

무서울 이유가 없다.

아니, 그냥 귀찮고 따분하다.

대충 빨리 처리하고 싶은 마음이 우선이다.

"그보다 준비는?"

문득 떠오른 생각에 이현이 물었다.

정만은 고개를 끄덕였다.

"옙! 준비는 완벽합니다."

"확실해?"

"화, 확실하지 않을까요? 저희도 이번이 처음이라……."

슬쩍 한 발 빼는 정만의 모습에 피식 웃음이 나온다.

덩치는 산만 한 것이 겁은 많다. 그런 주제에 용케도 녹림 십팔채의 일원씩이나 되었다 싶다.

'하긴, 녹림도 쓸데없는 건 마찬가지지.'

이현의 눈엔 녹림도 별다를 것 없다. 쓸데없는 건 매한가지다. 아니, 혈천신마 때 중원을 손안에 넣으면서도 녹림 따위는 안중에도 두지 않았을 정도다.

그보다.

"눈치는? 안 챈 것 맞지?"

"아마도 그럴 겁니다. 나름 머리 굴리지 않았습니까?"

"하긴, 뭐. 귀찮은 짓 많이 했으니까."

"하하하! 그랬지요. 하지만 이 정만이 누구입니까. 도사님의 가장 충실한 충복이지 않습니까. 도사님을 위한 일이라면 무슨 일이든……."

"잡설 집어치우고. 왔다."

그 틈에 자신의 존재를 홍보하는 정만의 말을 가로막았다.

이현의 시선은 가까워져 오는 마교 측 무사들을 향하고 있었다.

어느덧 마교 측과의 거리는 불과 오십 보.

건장한 사내가 달려와도 금세 코앞까지 들이닥칠 수 있는 거리다.

마교는 말을 몰아 달려오지 않았다.

아니, 오히려.

"하마(下馬)!"

선두에선 사내의 명령에 따라 전원이 말에서 내려오고 있었다.

어쩌면 당연했다.

'쟤들은 마적이 아니니까.'

말을 잘 타고 못 타고의 문제가 아니다. 말 위에서 그 힘이 배가 되는 마적이라면, 마교도들은 두 발을 땅에 딛고 서서야 온전한 힘을 낼 수 있는 존재들이다.

몇몇 특수한 수련 과정을 거친 이들을 제외한다면 그랬다.

그리고.

"왜? 곧장 달려오려니까 무섭냐?"

슬쩍 도발하듯 말했지만 아마 사실일 것이다.

탁 트인 평원.

'날 잡아 잡수셔' 하고 가만히 서서 기다리는 의혈단이다. 무작정 달려들기에는 이래저래 찜찜함이 있을 것이다. 실제로 이현은 기마의 돌격을 저지할 만한 함정을 만들어 놓기도 했다.

곳곳에 기마의 발이 빠질 만한 함정을 파 놓았던 것이다.

저들도 그것을 경계한 것이리라.

"누구지?"

이현의 도발에 처음 선두에 서서 하마를 명령한 사내가 물었다.

이현의 대답은 간단했다.

"이현. 너는?"

"천마만만대주. 조위헌. 참생도라 부르기도 하지. 너군! 신강에서 분탕질 치는 무당의 애송이가."

꿈틀!

조위헌의 말에 이현의 검미가 꿈틀거렸다.

자존심을 긁는 단어 선택이다.

"애송이라? 오랜만에 듣는 말이네?"

"어쩌면 마지막으로 듣는 말일 수도 있다."

조위헌의 말뜻을 어찌 모르겠는가.

죽으면 애송이란 소리도 더는 들을 수 없게 된다고 말하는 것을.

화난다.

하지만 화내지 않는다.

"하긴, 오늘이 지나면 누가 감히 나한테 그딴 말을 할 수 있을까? 죽고 싶지 않으면! 안 그래?"

능숙하게 받아쳤다.

이 정도의 도발은 도발로 취급하지도 않는다.

전투와 투쟁 속에 살아온 혈천신마로서의 경험은 결코 허투루 얻은 것이 아니다.

오히려 빙글거리는 웃음까지 지어 주었다.

"제법이군!"

조위헌의 눈에도 이채가 돌았다.

의외로 여기는 듯했다.

"본교의 목표는 신강의 마적! 또한, 감히 본교의 물자를 강탈한 것에 대한 응징! 순순히 투항하라."

그 때문일까.

조위헌은 의외의 말을 꺼냈다.

순순히 투항한다면 애써 싸울 이유가 없다고 이야기하고 있으니까.

하지만.

"내가? 왜?"

"살려는 주지!"

"하! 어째 익숙한 말이다? 안 그러냐 정만아?"

무뚝뚝한 목소리로 살려주겠다는 조위헌의 말에 웃음도 안 나왔다.

'감히 누가 누구에게 살려 주겠다는 것인지!'

아무래도 무언가 단단히 착각을 하고 있는 모양이다.

하물며 그 내용까지 어째 익숙하다. 당연했다. 요 근래 이현이 많이 썼던 말이었으니까.

"그, 그렇긴 합니다만……."

갑작스러운 질문에 정만이 당황하면서도 고개를 끄덕였다.

살려는 주겠다는 말은 그 또한 많이 들었다.

누구에게?

"도사님께서 자주 쓰시는 말이긴 한데 지금 상황에서는……."

이현에게.

자신이 늘 했던 말을 타인에게 들으니 기분이 새롭다.

물론, 좋은 쪽은 아니다.

'기분 더럽네.'

무시당한다.

혈천신마였던 자신이 이처럼 무시당한다는 것 자체가 화가 난다.

"살려 줄지 말지를 결정하는 건 그쪽이 아닌 것 같다?"

지금 이곳에서 타인의 생사를 결정할 수 있는 건.

"나야. 결정하는 건!"

똑똑히 조위헌이라는 겁대가리 상실한 마교도를 보고 이야기했다.

뜻은 확고했다.

"그리고 난 널 살려 줄 생각이 없고."

살려 주진 않을 것이다.

이처럼 속을 긁고 무시당했는데 곱게 살려 줄 만큼 이현은 자비로운 성격이 아니었으니까.

"……."

확실한 의지 표명에 조위헌은 한동안 말이 없었다.

무표정한 얼굴로 그냥 바라볼 뿐이다.

그리고.

"숫자를 믿나? 넌 그럼 착각하고 있다."

확실히 숫자는 조위헌이 이끄는 마적 토벌대보다 이현 쪽이 앞선다.

족히 두 배에 가까운 차이다.

하지만 조위헌은 그것을 착각이라고 이야기하고 있다.

"착각?"

"너희가 전부 달려들어도 얼마든지 상대할 수 있다. 마교는 강하다. 허나, 전부 달려들진 못할 듯싶군."

"어째서?"

"너는 순진한 실수를 범했다. 마적만 따로 편성해 후미에 두었더군. 여기서 우리를 막아서면 그들이 합류하길 바란 것이겠지. 아니, 후미를 노릴 수도 있겠군."

"잘 아네. 정확히 이야기하면 정면 돌파시킬 생각이다."

이현은 순순히 고개를 끄덕였다.

전략을 노출했지만 거리낄 것은 없었다. 거기까진 어차피 상대도 예상하고 있는 일이었으니까.

"그것이 패착이다. 마적은 오지 않는다. 그들은 이기적이고, 야만적이다. 의리를 지키기보다 배신이 쉬운 놈들이다. 그들을 믿었다면…… 순진하군!"

조위헌은 이현을 순진함을 비웃었다.

확실히 조위헌은 마적들의 생리를 잘 알고 있었다. 확실히 마적들은 그랬다. 기본적으로 정의나 의리와는 거리가 멀다.

앞에서는 형제애니, 의리니 하며 부르짖어도 결국 자신의 안위에 조그마한 해가 되어도 언제든 배신한다.

배신을 밥 먹듯 하는 이들.

그들이 마적이란 말은 분명 사실이었다.

"웃기는군."

하지만 오히려 이현은 코웃음 쳤다.

"천하의 마교도께서 의협심이라도 이야기하고 싶은 거야? 의리라…… 그쪽에서 언급할 단어는 아닌 것 같은데? 안 그래?"

은근한 물음.

"……너!"

순간 조위헌의 광대가 꿈틀거렸다.

웃음이 아니다. 그저 근육의 꿈틀거림이다. 그건 예상치 못한 놀라움을 마주쳤을 때, 경악했을 때 나오는 신체 반응이었다.

조위헌이 무어라 더 말을 하려 했지만.

"틀렸어."

이현은 그것을 허락하지 않았다.

"너희 상대하는 데는 여기 있는 애들만으로도 충분해. 굳이 마적들을 이용하는 건 귀찮아서일 뿐이지. 또, 있으니 쓰는 것이고."

천 대 천.

의혈단의 실력이 압도적으로 뒤처진다고 해도 상관없다. 전쟁은 때론 단 한 사람에 의해 결정되기도 한다. 그리고 이현은 스스로 그럴 만한 능력이 있다고 자부했다.

그럼에도 전원을 동원한 것은 귀찮기 때문이다.

처음부터 마교와 싸울 작정이었다고 해도 굳이 마적들을 끌어모을 생각은 없었다. 그저 가만히 놀고 있는데 밑에 애들이 알아서 모아 놓은 것이다.

그러니 동원했다.

귀찮긴 하겠지만, 없어도 상관없다.

그리고.

"또 하나. 뒤에 있는 마적 놈들은 와. 반드시!"

조위헌은 틀렸다.

마적들은 온다.

확신했다. 그렇기에 자신할 수 있었다.

"왜? 못 믿겠다면 확인해 볼까?"

척!

조위헌의 대답 따위는 듣지도 않고 이현은 곧장 손을 들어 신호를 보냈다.

그 신호에 뒤에서 대기하고 있던 의혈단원 중 하나가 화살을 쏘아 하늘로 날려 올렸다.

펑!

쏘아진 화살이 하늘 위에서 터지며 뿌연 구름을 만들어 낸다.

신호탄이었다.

그 신호탄의 의미는 뒤에서 대기하고 있던 마적들에게 돌격을 명령하는 의미였다.

*   *   *

펑!

약 삼백 보 뒤.

하늘에서 터지는 신호탄은 그곳에서도 선명하게 보였다.

"자! 돌격!"

그 신호에 맞춰 옥분이 명령했다.

그리고.

찌릿! 찌릿!

오대 마적단. 그리고 강제로 적조에 흡수합병된 신강의 마적들이 저마다 눈치를 살핀다.

'누군가 먼저 행동할 것이다. 우린 그때 움직이면 된다.'

수백 개의 눈동자가 모두 같은 의중을 품고 있다.

그 사이.

명령을 내린 옥분이 내달렸다.

늘 그렇듯 그 뒤를 적조가 받친다.

"......"

그러나 그 밖에 누구도 움직이지 않았다. 서로 눈치만 살피며 전장을 이탈할 적기만 노리고 있었다.

몇백에 달하는 인마 속에서 달려 나가는 것은 고작 적조뿐.

그 모습이 초라하기까지 하다.

그런데도.

'저 여우 같은 놈이 왜 확인하지 않지?'

적조는.

아니, 옥분은 한 번도 뒤를 돌아보지 않았다. 마치 반드시

휘하의 마적들이 함께할 것이라 확신하는 듯했다. 아니, 어쩌면 이미 포기한 것인지도 몰랐다.

그렇다면 더 이상 적조에 발목 잡힐 걱정은 하지 않아도 된다.

슬금슬금 눈치를 보며 무언의 대화를 시작했다.

저마다 미리 약속한 방향대로 산개해 전장을 이탈할 심산이다.

말 한마디 안 해도.

처음부터 서로 속한 곳이 달라도.

신강의 마적들은 이런 것에서만큼은 잘 통하는 데가 있었다.

"자! 가자!"

황충의 우두머리가 가장 먼저 소리쳤다.

그것이 신작이다. 눈치 작전을 끝낸 마적들이 말을 몰아 속력을 올리기 시작했다.

그리고 그때였다.

펑!

"으어어엇!"

터졌다!

땅거죽이. 후미의 땅거죽이 갑자기 폭발하더니 희뿌연 연기와 함께 튀어 오른 토사를 쏟아 낸다.

그 커다란 굉음과 용암처럼 쏟아 내는 토사에 말도 사람도 놀랐다.

말이 비명을 지르고, 사람이 비명을 지른다.

다행히 누구 하나 다치지 않았다.

하지만.

그건 시작에 불과했다.

펑! 펑! 펑!

연이어 폭발이 시작되었다. 후미에서 점점 더 간격을 좁혀 오면서 땅거죽이 치솟는다.

대기 중에 섞인 매캐한 유황 냄새가 이 폭발의 원인을 이야기해 주고 있었다.

"화탄이다! 화탄이 터지고 있다앗!"

땅속에 화탄이 심어져 있다.

언제, 누가 그랬는지는 모른다. 그런 건 지금으로써는 중요하지도 않았다.

지금 중요한 것은.

"쌍! 달려!"

달려야 한다는 것이다.

폭발은 점점 가까워져 오고, 좌우 측에서 번갈아 터지며 마적들을 압박해오고 있다.

휩쓸리면 죽는다. 멈춰도 죽는다. 경로를 벗어나도 죽는다.

방법은 하나다.

"앞으로! 앞으로 달려라!"

전속력으로 돌격 그것만이 살길이다.

펑!

등 뒤에서 들려오는 연이은 폭발 소리.

그리고.

"썅! 비켜 이 잡것들아!"

"어디 족보도 없는 게 감히 우리 황충을 막느냐!"

"지랄! 죽고 사는 데 족보가 무슨 상관이야! 제사라도 지 낼 생각이냐?"

혼비백산한 마적들이 전속력으로 달려온다.

뒤에서 터지는 폭발에 휩쓸리지 않기 위해 그들은 어떻게 든 최대한 앞으로 나아가려 용 쓰고 있었다.

이런 것이 마적이다.

제 한 몸의 안위를 끔찍이 여기는 것.

이현은 내심 미소를 지었다.

'하여간 옥분이 녀석이 잔머리는 좋단 말이야?'

과부 마음은 홀아비가 알아주고, 나쁜 놈 마음은 나쁜 놈 이 알아주는 법이다.

마적들이 배신하리라는 것은 일찌감치 알고 있었다.

그래서 머리를 썼다.

일전에 정만이 얻은 화탄.

어차피 처치 곤란이라 그냥 내버려 두고 있었다.

옥분은 그것을 이번 작전에 투입했다.

전장을 이탈하려는 마적들을 막기 위한 방책이다. 그 화탄이 있었기에 이번처럼 마적과 의혈단을 분리해 진을 짜는 계책을 실행할 수 있었다.

어차피 말은 가속도가 붙어야 제 위력을 발휘한다.

의혈단과의 삼백 보의 거리를 벌린 것도 그러한 계산하에 이루어진 일이었다.

뒤에서 터져 나가는 화탄에 놀라 혼비백산한 마적들은 살기 위해서는 무조건 전력으로 직진하는 수밖에 없다.

'돌격이 별건가? 적을 향해 전력으로 달려들면 돌격이지.'

상황이 생각했던 대로 돌아간다.

"길 열어 줘."

"옙!"

이현의 명령에 정만이 곧장 고개를 숙이다. 뒤이어 진을 치고 있던 의혈단이 좌우로 갈라지며 넓게 마적들이 달릴 길을 열어 주었다.

정만과 의혈단도 공범이다.

옥분이 마적들을 이끌고 이리저리 움직이며 그들의 눈을 가리고 있을 때.

미리 화탄을 심어 놓은 범인이 정만과 의혈단이었다.

당장 마교를 상대로 죽을지 살지도 모르는 상황이니 정만과 의혈단은 필사적이다.

무엇보다 자신들보다 먼저 돌격한다고 하지 않은가.

아무래도 전쟁에서는 선봉에 서는 것보다야 뒤에 서는 편이 살아남을 확률이 높다.

정만과 의혈단으로서는 환영할 만한 일이었다.

마교도와 마적 간에 길은 트였다.

이제 양쪽이 충돌하는 일만 남았다.

이현은 고개를 돌려 조위헌을 바라보았다.

"자! 어때? 내 말이 맞지?"

"……."

조위헌은 잠시 침묵했다.

그리고.

"크하하하하하! 이게 네가 믿던 것이었나?"

웃었다. 지금의 이 상황에 광소를 터트렸다.

그것은 조위헌 만이 아니다.

"하하하핫! 저것 보시오! 어디 저렇게 혼이 빠져서야 우리와 싸울 정신이나 있겠소?"

"그러게나 말입니다. 저런 것들과 싸워야 한다니 벌써 김이 다 빠지는군요!"

조위헌의 뒤에 대기한 마교도들 사이에서도 웃음이 터져 나왔다.

혼비백산해서 눈물 콧물 다 뿜으며 달려오는 마적들의 모습이 그들에게는 그저 우습게만 비칠 뿐이다.

"전심을 다해도 모자랄 판에 등 떠밀려 달려오는 저들로 우리를 흔들 수 있을 것으로 생각했나?"

마교는 강하다.

그들은 그만한 자부심을 느끼고 있었고, 실제로도 그랬다.

그들을 상대함에서 전심전력을 모두 쏟아야 한다. 죽는 한이 있더라도 끝까지 싸운다. 그러한 각오가 없이 전투에 임하는 상대는 그저 가벼운 먹잇감에 불과하다.

조위헌은 그렇게 이야기하고 있었다.

얕은 술수를 부린 이현을 바라보는 눈은 차갑게 가라앉았다.

"모두 지워라."

그리고 명령했다.

"충!"

일천을 넘는 마교도들이 그의 명령에 읍하며 자신 있게 걸음을 내디뎠다.

조위헌의 말은 틀리지 않았다.

적어도 마적들이 마교의 인사들을 상대하려면 죽음을 각오하고 전력으로 부딪쳐야 한다.

그래도 가능성은 희박하다.

하물며.

당장 등 뒤의 공포에 떠밀려 달려온 마적들이 그들의 상대가 될 리 만무했다.

하지만.

피식.

이현은 오히려 웃었다.

서서히 기지개를 켜기 시작한 마교 측의 행동에도 전혀 위험을 느끼지 못하고 있었다.

오히려.

"순진하긴."

비웃었다.

"화탄을 우리 애들한테만 썼겠냐?"

"그게 무슨……!"

뒤늦게 조위헌이 의문을 표시했지만, 너무 늦었다.

펑!

또다시 폭발했다.

그러나 이번엔 달랐다.

폭발은 이현의 등 뒤가 아닌 이현의 앞에서 벌어졌다.

"피해라! 화탄이닷!"

달려오는 마적들을 마중 나가려던 마교 측의 중심에서 일어난 폭발이다.

"비켜! 안 보여!"

"제길! 이게 무슨 일이야!"

살기 위해 적조의 뒤를 바짝 쫓는 마적들의 입에서는 아우성이 끊이질 않았다.

하지만 이 모든 일을 계획한 옥분은 침착했다.

등 뒤에서 점점 가까워져 오는 폭발 소리.

'예정보다 폭발이 빠르다!'

옥분은 계산보다 빠르게 터지는 화탄에 내심 이를 악물었다. 까딱 잘못했다가는 마적들의 동기부여용이 아닌 사살용이 될 듯싶다.

속으로 이 계산보다 빠른 폭발의 원흉을 씹었다.

'무식한 덩어리!'

화탄은 정만이 심었다.

계산보다 빠르게 화탄이 터지는 것도 모두 정만의 탓이다.

그러는 사이에도 적조는 빠르게 내달리고 있었다.

좌우로 갈라져 넓게 길을 벌리고 있는 의혈단의 모습이 보이고.

평!

마교 측 중심에서 터지는 화탄의 흔적이 보였다.

이제 되었다.

선두에 서서 달리는 적조의 역할은 여기까지다.

"갈라집니다!"

"옙!"

옥분의 명령에 맞춰 적조는 의혈단이 터준 길이 아닌 좌우로 넓게 가려졌다.

"뭐, 뭐얏! 으아아앗! 마교도닷!"

"닥쳐! 달려! 아직도 뒤에서 터지고 있다고!"

뒤늦게 자신들이 마교의 코앞까지 달려왔다는 사실을 깨달은 마적들이 비명을 내질렀지만, 선택의 여지는 없다.

전력으로 달려나가야 한다.

계속!

뒤에는 여전히 화탄이 터지며 거리를 좁혀 오고 있었으니까.

폭발에 휩쓸려 죽을 확률보다는 이대로 돌격해 마교 측 진형을 관통하는 편이 살 확률이 높다.

더구나 마교 측에서도 화탄이 터졌다.

갑작스러운 폭발의 여파로 혼란에 빠진 마교라면 더더욱

살 수 있는 확률은 높아진다.

"썅! 달려!"

마적들은 혼란에 빠진 마교 측 진형을 향해 곧장 달려 나
갔다.

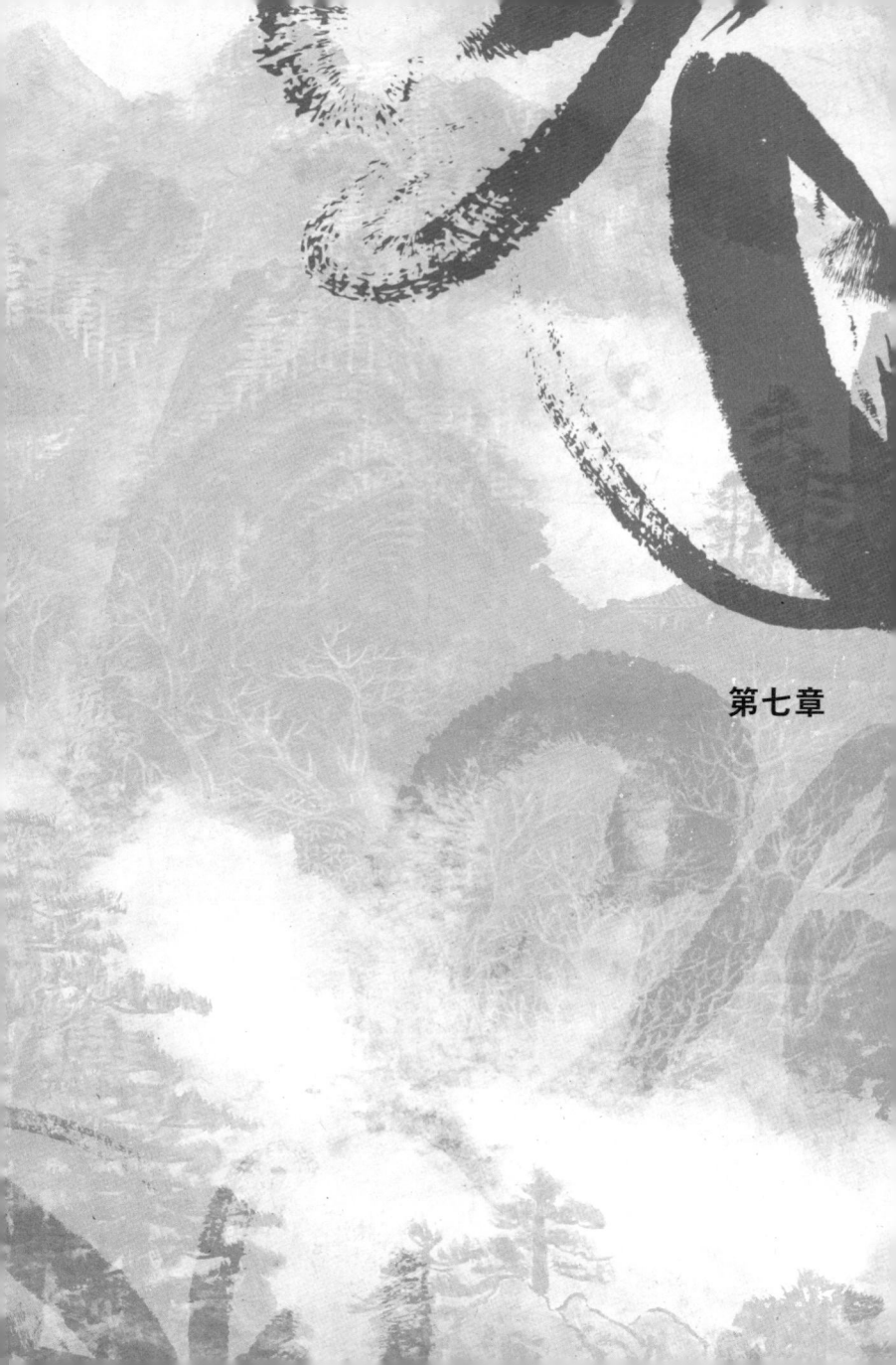

第七章

　일대의 혼란이다.

　그야말로 아비규환이다. 혼란에 빠져 아직 대비하지 못한 마교 측 진영으로 달려든 마적들의 돌격은 확실히 효과가 있었다.

　피떡이 된 사람이 튕겨 나가고, 말이 공중을 비행한다.

　이현은 그 모든 광경을 지켜보았다.

　"하여간 약은 자식!"

　그리고 옥분을 욕했다.

　적조의 또 다른 역할은 마적들이 딴생각하지 못하도록 선두에서 시야를 가리는 것.

그리고.

마교 측의 혼란이 시작되면 좌우로 갈라져 의혈단을 우회하는 것.

결국, 옥분과 적조는 가장 희생이 큰 선봉의 자리가 아닌, 후속 공격에 속하게 되어 있다.

그 와중에도 잔머리로 실리를 챙기는 것이다.

어찌 보면 그것이 옥분답다.

욕할 생각은 없다.

덕분에 작전은 성공적이다.

다만, 한 가지 아쉬운 것이 있다면.

"생각보다 효과가 약한데?"

폭발이 생각보다 약하다는 점이다.

"고수를 대상으로 상정해서 화약을 너무 깊게 매설했나 봅니다."

"짜식! 잘하지!"

"죄송합니다. 화탄은 이번이 처음이라……."

이현의 핀잔에 정만이 어색하게 머리를 긁적였다.

마교 측 진영이 설 자리에 화탄을 심었다. 사실 마교 측에서 말을 타고 돌격을 해 왔다면 미리 터트릴 생각이었다.

예상보다 폭발이 약한 것은 화탄을 땅 깊은 곳에 매설했기 때문.

고수의 감각을 속이기 위함이다.

그 감각 중에서도 정확히 후각을 속이기 위함이라 하는 것이 정확할 것이다.

통상적으로 고수일수록 감각이 예민하다. 후각 또한 예민한 것은 당연했다.

화탄은 평소에도 특유의 유황 냄새가 나는 물건이니 땅속 깊이 심지 않으면 고수의 후각을 피할 수가 없을 것이라는 계산이었다.

아쉽지만 이미 벌어진 일이다.

"이제 슬슬 가지."

그리고 이현은 한 번 더 몰아쳐야 할 때임을 파악하고 있었다.

마교의 진형을 파고들던 마적들의 돌격이 무뎌져 간다.

과연 마교의 무사들답게 그 혼란스러운 와중에도 달려든 마적들을 향해 대응을 시작한 것이다.

솔직히 기대보다 빠른 수습이다.

그러나 그것은 그것. 이것은 이것.

기대 이상의 반응에 감탄한 것은 사실이지만, 싸움에서 질 생각은 없다.

자고로 싸움이고 전투고 간에, 기세가 올랐을 때 휘몰아쳐야 한다. 괜히 어영부영하다 보면 기세를 빼앗기고 상대는 정신을 수습한다.

그런 등신짓을 할 만큼 이현은 어리석지 않았다.

"가자!"

"예!"

이현의 말이 떨어지기 무섭게.

일천이 넘는 의혈단이 고개를 끄덕이며 뒤를 쫓았다.

달려 나간다.

걸음걸음이 더해질수록 이현의 속도는 높아졌다. 두 다리로 내뿜는 내공은 몸을 가볍게 하고, 더욱 빠르게 한다.

그리고.

더욱 강하게 한다.

얼굴을 때리는 강한 바람 속에서도 이현은 눈을 감지 않았다.

그렇게 이현이 약 이십 보쯤 내디뎠을 때.

팡!

이현의 신형이 긴 잔형을 남기며 마교 측을 향해 쏘아져 나갔다.

그건 이미 그 자체로 공격이다.

야율한이었을 때는 도망가는 마적들을 때려잡기 위해, 그리고 지금 이현이 되었을 때에는 산적들을 때려잡기 위해 한 번 펼쳐 보인바 있는 신법.

이름은 없다.

짓지 않았으니까.

하지만 이름이 없다고 약한 것은 아니다.

누가 무어라 해도 지금 이현이 펼친 신법은 과거 중원을 손안에 넣었던 혈천신마라는 절대자가 창안한 신법이다.

콰앙!

이현은 그대로 혼란에 빠진 마교도들을 향해 들이닥쳤다.

* * *

콰드드득!

으스러지는 뼛조각 소리.

"끄아아악!"

거기에 비명 소리가 한데 뒤엉킨다.

사방에서 일어나는 일이다.

마적과 마교도가 싸우고, 의혈단과 마교도가 싸운다.

이현은 그 중심에 있었다.

좌검 우도.

왼손엔 검을 들고 오른손엔 도를 들었다.

"막아라!"

달려오는 마졸을 향해 도를 휘둘렀다. 투박하게 날도 제대로 서 있지 않은 도에 애써 기운을 담는 짓은 하지 않았다.

이맘때의 야율한이었다면 상관없겠지만, 지금은 이현이다.

아무리 태극무해심공이라도 스스로 내공을 회복하는 데에는 엄연히 한계가 존재한다.

무작정 내공을 뽑아 쓰다가는 언젠간 바닥을 보일 것이 뻔했다.

그에 반해 죽여야 할 인원은 많다.

쓸데없이 내공을 소모할 필요는 없다.

콰득!

사선으로 뚝 떨어지는 이현의 거도가 달려오던 마졸의 무릎에 틀어박혔다.

제대로 날도 서지 않은 거도다.

벤다기보다는 으스러트린다는 표현이 적절했다.

그리고 그 표현 그대로.

거도가 틀어박힌 마졸의 무릎은 뼛소리와 함께 옆으로 틀어졌다. 허벅지 위로 부러진 뼛조각이 튀어나왔지만 신경 쓸 일은 아니다.

어차피 적이다.

처음부터 죽일 작정이었다.

이현은 목적에 충실했다.

"흐읍!"

짧게 숨을 들이마심과 동시에 휘둘렀던 거도를 회수하기보다는 그대로 휘두르는 쪽을 택했다.

이현의 도는 길다.

그 말은 즉.

"끄아아악!"

한 번의 휘두름 만으로도 두셋의 적을 쓸어버릴 수 있음을 의미했다.

이현의 거력에 마졸은 무릎에 도가 박힌 채 그대로 허공에 떠올랐다.

그리고.

퍽!

다가오던 또 다른 마졸과 부딪쳤다.

그사이 마졸의 무릎을 찢고 나온 거도는 부딪친 다른 마졸의 머리를 그대로 으스러트린다.

그리고.

'뒤!'

그 사이에도 넓게 펼쳐 놓은 감각의 경고를 무시하지 않았다.

왼손을 뒤로 들어 짧게 긋는다.

"끄륵!"

등 뒤에서 들려오는 가래 끓는 소리.

군이 고개를 돌려 확인해 보지 않아도 된다.

짧게 그은 검은 등 뒤를 노리던 마졸의 목을 베고 지나갔을 뿐이다.

두 발 달린 짐승 중 목이 잘리고도 살 수 있는 짐승은 없다.

사람도 마찬가지다.

즉사다.

그러니 하던 일을 계속하면 된다.

퍽!

무릎이 찢어진 마졸의 머리를 발로 밟아 터트렸다.

싸움에서만큼은 이현은 냉정했다.

청화를 대할 때의 장난스러움이나 짓궂음도 없다. 철저히 목적에 따라 움직이고, 확실하게 상대를 처리한다. 괜히 살려두어 발목 잡히는 그런 귀찮은 짓 따위는 하지 않았다.

동정은 없다.

애초에 그럴 만한 인간이 아님을 스스로도 잘 알고 있었다.

사용할 수 있는 전부를 사용했다.

팔꿈치를 이용해 적의 안면을 함몰시킨다. 이따금 위에서 아래로 내리꽂아 두개골을 으스러트리기도 했다. 발을 휘둘러 적의 발을 으깨고 무릎을 부러트린다. 그러면서도 무릎으로 숙인 적의 얼굴을 찍는다.

도는 거칠고 크게 움직이고, 검은 간결하고 예리하게 움직인다.

하나하나 끊어짐이 없다.

한 번의 움직임에 최소 하나. 보통은 두셋.

철저히 계산된 것만 같이 자연스럽게 이어지는 동작들은 효율적이고 확실했다.

그러한 움직임 속에서도 이현의 시선은 빠르게 전장을 살피고 있었다.

덤벼든 마교 놈들을 몰살시킨다는 것이 첫 번째 목적이다.

그 안에 또 다른 목적이 있다.

원래는 없었는데 조금 전에 생긴 목적이다.

'애송이. 살려는 주지.'

철저하게 이현을 무시했던 당사자.

조위헌.

자존심을 긁고 짜증을 유발했으니 응당 그 대가를 돌려주어야 함이 맞다.

이현이 또 이런 쪽으로는 고리대 이자로 철저히 갚아주는 착실한 인간이지 않은가.

'분명 죽지는 않았다.'

쉽게 죽을 인물도 아니고, 폭발에 휘말리지도 않았다.

분명 그는 이 전장 어딘가에 있다.

그렇게 얼마나 찾았을까.

조위헌을 찾는 길을 가로막는 마졸들을 처리하며 주위를 살피던 이현의 눈동자가 반짝였다.

"찾았다!"

그 짜증 나고 건방진 얼굴이 왜 이렇게 반가운지 모를 일이었다.

*　　　　*　　　　*

조위헌은 천마신교 내에서도 특이한 이력을 가지고 있었다.

별다를 것은 없다.

단지 그가 익힌 무공 때문이다.

참생도라는 별호와 달리 그가 익힌 무공의 장기는 외공이었다. 내가기공을 익히지 않은 것은 아니었으나, 그 깊이는 외가기공에 비할 바가 아니다.

내공이 만능은 아니다. 외공 또한 충분히 무의 극에 이를 수 있다.

세인들이 이야기하고, 많은 무인이 입버릇처럼 이야기한다.

그러나 현실은 달랐다.

현실 속에서 고수라 불리는 이들은 대부분 내공을 중점으로 익힌 내가고수다. 신교의 주인인 천마 또한 내공을 중점으로 한 내가고수였고, 신교의 백대고수 중에서 외공을 중점으로 익힌 외가고수의 숫자는 고작 열 명 남짓에 불과하다는 것만을 보아도 알 수 있다.

전 중월을 통틀어 이야기해도 이는 크게 달라지지 않는다.

그러나.

조위헌은 외가기공을 중점으로 한 외가고수로 지금의 자리에까지 오를 수 있었다.

암암리에 이루어진 신교의 행사에서 혁혁한 전공을 세웠고, 강자존이란 신교의 율법 아래서 상관을 베어 넘겼다.

그렇게 천마만만대의 대주란 자리에 올랐다.

그렇게 강철보다 단단한 육신을 완성했다.

그럼에도 그가 참생도라 불리는 것은 그의 도법에 있었다.

지금껏 조위헌과 무공을 겨루어 살아남은 사람은 없다.

조위헌의 도는 철저히 실전을 바탕에 두고 있었다. 또한, 조위헌은 하급 마졸부터 시작해 천마만만대의 일개 대원으로, 조장으로, 부장으로, 부대주, 대주에 이르기까지.

무수한 실전을 치렀다.

개중 일대일의 상황보다는 다수와 다수 상황이 많다.

다수와 다수의 싸움에서 두 번의 칼질은 불필요하다.

조위헌은 도는 항상 단숨에 적의 숨통을 끊어 냈다. 그에게는 그것을 가능케 하는 눈이 있었다.

그는 단 한 번 도를 움직여 적을 숨통을 끊을 길을 볼 수 있다.

그러니 그와 무위를 겨눈 상대는 결코 살아남지 못한다.

강력한 외공.

일격 필살의 도법.

그리고 무수한 실전 경험.

이를 바탕으로 조위헌은 한 번의 임무 실패도 존재하지 않는 완벽한 이력을 완성했다.

그런데.

그 완전무결한 이력에 오점이 생겼다.

'실패했군.'

임무는 실패했다.

조위헌은 냉정하게 상황을 인지하고 있었다.

단 몇 번의 틀어짐이 이러한 결과를 만들어 냈다.

그리고.

'무당 제자 이현!'

그 모든 틀어짐의 원흉은 이현이었다.

마적이 전투에 동참하지 않을 것이라 여겼다. 그것이 마적의 습성이었으니까.

그런데 마적은 전투에 동참했다.

선봉을 섰다.

그것도 개의치 않았다.

'마적이 선봉에 선 것은 스스로 원한 것이 아니었으니까.'

결사의 각오가 아닌 그저 살기 위한 몸부림.

등 뒤에 터지는 화탄을 피해 달려드는 것뿐이었으니까.

'문제는 또다시 틀어졌다는 것이겠지.'

틀어짐은 계속됐다.

설마 신교의 교도들이 딛고 선 땅 아래에도 화탄이 설치되어 있을 것이란 생각은 하지도 못했다.

화약 특유의 유황 냄새가 나지 않았으니까.

그런데 설치되어 있었다.

그것이 결정적인 파국이다.

발밑에서 터진 화탄에 수하들은 혼란에 빠졌고, 진은 흐트러졌다. 집중력은 사라져 버린 지 오래다.

그 오합지졸로 여긴 마적도 우습게 볼 수 없다.

아니 치명적이기까지 했다.

삽시간에 절반 이상이 관통당했다.

조위헌도 그 돌격에 휩쓸려 이곳까지 떠밀려야 했다.

'결국, 신교의 무인도 사람이다.'

천마신교의 무인들은 강하다. 무림의 누구도 부정하지 못할 명백한 사실이다.

하지만 그들 또한 사람이다.

예기치 못한 폭발. 하물며 그 폭발의 원인은 화탄이다.

화탄은 몇십 년 동안 고련해 온 무공을 무용지물로 만드는 물건이다. 미리 방비하지 못한다면 신교의 무인들이라 할지라도 목숨을 장담하지 못한다.

더욱이.

이미 한 번 발밑에서 화탄이 터진 이상, 또다시 터져도 이상하지 않다.

'공포와 불안에 삼켜진 무인은 본래의 무위를 낼 수 없는 법.'

이미 터진 화탄으로 새겨진 공포.

언제 또 다른 화탄이 터질지 모른다는 불안.

생사가 오가는 전장에서 정신적으로 흔들린 무인은 원래의 힘을 내지 못한다. 아니, 오히려 전체를 위험에 빠트리는 화근만 될 뿐이다.

그의 아래 수하들이 모두 그러한 상황이 되었을 때.

승패는 이미 갈린 것이나 다름없었다.

뒤이어 들이닥친 의혈단의 공격은 갈라진 승패에 내려진 사형선고다.

"참담하군."

달려드는 적 하나를 베어 숨통을 끊은 후 중얼거렸다.

그를 향해 날아오는 날붙이는 신경 쓰지 않았다.

마교의 고수들도 상처 내지 못하는 육신이다. 부나방처럼 달려드는 이들 중 그의 몸을 해할 이는 없었다.

낮게 자조하던 조위헌은 고개를 돌렸다.

등줄기를 훑는 서늘한 살기가 그곳에 느껴지고 있었다.

퍽! 퍽! 퍽!

작은 소리다.

아비규환의 전장 속에서는 귀 기울여 듣지 않으면 들을 수 없는 소리다.

하지만 조위헌은 그 소리를 무시하지 못했다.

"이현!"

무당파의 애송이.

아니, 애송이라 착각했던 적.

그가 이쪽을 향해 다가오고 있었다. 신법을 펼치는 것도 달리는 것도 아니다.

하지만 둘 사이의 거리는 빠르게 좁혀지고 있다.

퍽!

그리고.

여기저기 얽혀 둘 사이의 길을 막는 마교도들의 신체는 한 군데씩 터져 나갔다.

마치 몸 안에 작은 화탄을 심어 넣은 듯하다. 폭발에 뼛조각이 튀고, 피가 분수처럼 허공을 치솟는다.

보나 마나 즉사다.

그런 폭발이 연이어 일어난다.

이현에게 달려드는, 혹은 두 사람 사이의 길목에 자리한 교도들의 몸은 여지없이 신체 일부가 터져 나간다.

잔인하고 참혹한 광경이다.

조위헌도 처음 보는 광경이었다.

그런데 그 광경이 묘하게 자연스럽다. 어울린다. 그 참상의 중심에 선 이현의 모습이 더해지니 그렇게 되었다.

아니, 수하들이 터져 나가는 그 모습이 춘절 날 거리마다 붉게 터지는 폭죽 같다는 착각까지 든다.

조위헌은 짐작이 갔다.

지금의 이 참혹한 광경을 만들어 내고 있는 이현의 무공이 무엇인지.

"십단금이군!"

무당에서 가장 잔혹한 무공.

익히기도 어렵고, 실전에서 활용하기도 어려운 무공.

그러나 그만큼 강렬한 무공.

내가중수법과 장력으로도 유명한 무당파에서도 손꼽히는 장법인 십단금이 아니고서야 지금의 광경을 만들어 내는 것은 불가능하다.

어찌 되었든 지금 이현의 목적은 확실해 보였다.

"마중이라도 나가야 하나."

조위헌.

이현의 목적은 바로 본인이다.

그 목적을 짐작하면서도 조위헌은 느긋했다.

승패와 임무의 성패와는 상관없이 그는 스스로 살아 돌아갈 수 있으리라 확신했다.

극한에 가깝게 완성한 그의 외공을 파훼할 수 있는 사람은 없었으니까.

인체의 내부를 파고들어 폭발을 일으키는 무당의 십단금이라 해도 마찬가지다.

외공이 장기라 해서 내공을 익히지 않은 것은 아니다.

외공으로 완성한 단단한 거죽이 일 차의 방어선이 되어 줄 것이고, 그 뒤로 침투한 미약한 십단금의 장법은 몸 안의 내공으로 미리 방비하면 충분히 막아 낼 수 있을 것이다.

그러니 걱정하지 않는다.

아니, 오히려 환영했다.

"체면은 세우겠군."

임무 실패의 원흉인 이현을 죽여 체면을 세울 생각이다.

성큼.

조위헌도 이현을 향해 마주 걸음을 옮겼다.

난전으로 얽힌 전장에서 달리는 것만큼 쓸데없는 일은 없다.

　이리저리 얽혀 나아갈 길이 막힌 전장이다. 어차피 얼마 가지 못해 멈춰 서야 한다.

　쓸데없는 힘 낭비다.

　차라리 느긋하게 걷는 것이야말로 가장 빠르고 효율적인 방법이다.

　그리고 어느새 둘은 서로의 간격 안에 들어설 만큼 가까워졌다.

　두 사람은 아무런 말도 하지 않았다.

　행동으로 대화를 대신했다.

　먼저 움직인 쪽은 이현이었다.

　이현이 우수에 든 거도로 크게 베어 들어왔다. 도 끝에 푸르스름한 기광이 머물러 있다.

　도기(刀氣)다.

　정면으로 부딪치면 검마저 베어 버린다는 도기.

　하지만 조위헌의 두 눈은 여전히 차분하기만 했다.

　'왼팔로 막는다.'

　서슴없이 도의 궤적 사이로 팔을 내밀었다.

　스스로 단련한 몸을 믿었다. 지금까지 어떤 검기와 도기도 그의 몸에 상처 내지 못했다. 작정하면 강기도 막아 낼 수 있는 몸이다.

그러니 망설일 것 없다.

대신.

'그럼 일격이군!'

차분히 가라앉은 눈으로 그다음을 꿰뚫어 보고 있었다.

거도를 틀어막으면 잠시의 멈춤이 생긴다.

이현의 좌수에 들린 검은 신경 쓰지 않았다.

지금 눈에 보이는 궤적이라면 이현은 그 검을 움직이기도 전에 목줄이 끊긴다.

참생도.

살아 있음을 베는 도.

그 별호에 걸맞은 결과가 곧 만들어질 것이다.

'와라!'

조위헌의 눈은 차갑게 빛났다.

하지만.

콰득!

"읍!"

거도와 그의 왼팔이 부딪치는 순간 조위헌의 두 눈에 가득했던 차가운 냉기는 사라져 버렸다.

거도가 틀어박혔다.

팔이 부러지고 기이하게 꺾였다.

오랫동안 잊고 있었던 고통이란 감각이 선명히 전해졌다.

'어떻게?'

잠시간의 의문.

하지만 그 의문보다 중요한 것은 지금의 상황이다.

어떻게 고작 도기 따위로 지금껏 단 한 번도 상하지 않았던 자신의 육체를 부수었는지는 중요하지 않다.

중요한 것은 이현에게 그의 외공은 통하지 않는다는 것.

그렇다면 움직여야 했다.

'벤다!'

단숨에 숨통을 끊어 놓아야만 살 수 있다.

오른손에 든 거도를 뽑아 이현의 목젖을 향해 휘둘렀다. 아니, 휘둘렀다고 생각했다.

서걱.

툭!

오른팔 손목에 느껴지는 시큰한 감각.

그리고 바닥으로 떨어져 내리는 살덩어리.

'이게 무슨!'

살덩어리는 도를 들고 있다. 익숙한 도다. 당연했다. 도신에 음각된 세 글자는 참생도.

그의 성명무기였으니까.

잘려 나간 손목에서 뒤늦게 피 분수가 치솟았지만, 이번만큼은 고통스럽지도 않았다.

경악하는 것만으로도 다른 것은 느낄 여력이 없었다.

두 번의 믿을 수 없는 경험.

텁!

"컥!"

언제 도를 놓았는지 모를 이현의 왼손이 삽시간에 조위헌의 얼굴을 그러쥐었다.

꽉 잡힌 얼굴에서 느껴지는 악력은 단번에 두개골을 터트려 버릴 듯 강렬했다.

"끄어어억!"

뒤늦게 찾아온 고통.

왼팔이 부러지고, 왼 손목이 잘려 나갔다. 당장 이현의 손에 잡힌 머리는 금방이라도 터져 버릴 것만 같다.

그 고통에 절로 비명이 나온다.

히쭉.

그리고 얼굴을 잡은 손가락 사이로 보이는 이현의 얼굴.

그는 웃고 있었다.

얼마나 많은 이들을 죽였는지 모를 만큼 그는 온몸에 피를 뒤집어쓴 채로 너무나 가벼운 웃음을 짓고 있다.

도저히 정파의 어린 제자라 믿을 수 없는 모습이다.

그리고 그 눈동자.

심연처럼 검고 깊은 눈동자는 웃고 있다.

그 눈을 마주하는 것만으로도 몸은 돌처럼 굳어 버렸다.

그런 조위헌의 귓가로 이현이 음성이 들려왔다.

"말했지? 죽이는 것과 살리는 것을 결정하는 건 나라고."

전투가 벌어지기 직전.

이현이 했던 말이다. 당시에는 그저 어린 나이의 치기와 혈기로 여겼던 말이다.

하지만 그것이 현실이 되었다.

"사, 살려……!"

공포가 밀려들었다.

항상 유지하던 평정심은 깨진 지 오래다. 스스로 두려울 것이 없다 여겼던 것도 모두 착각임을 깨달았다.

'두려움이 없었던 것이 아니다. 그저 진정한 공포와 마주하지 못했을 뿐!'

생사를 오가는 전장 속에서도 공포를 느끼지 못했던 것은.

언제든 죽어도 상관없다 여겼던 착각도.

그가 스스로 죽을 리 없다는 믿음이 있었기 때문이다.

그러나 그 믿음이 사라진 지금.

미치도록 두려웠다. 또한, 간절히 살고 싶었다.

하지만 이현의 눈빛은 여전했다.

아니, 더욱더 깊게 가라앉은 채 웃고 있었다.

"그리고 말했었지. 난 널 살려 두지 않기로 했다고."

"제, 제발!"

뒤늦게 사정한다.

하지만.

펑!

조위헌의 말은 끝까지 이어지지 못했다.

머리가 사라진 인간은 말을 할 수 없는 법이다.

뒤통수에 커다란 구멍이 생겼다. 그 구멍으로 내용물이 쏟아져 내렸다.

천마신교. 천마만만대의 대주 참생도 조위헌은 이현의 손에 죽었다.

그리고 잠시 뒤.

이현과 마주친 마교의 이 차 마적 토벌대는 전멸했다.

*　　　*　　　*

이현과 노리던 마교의 이 차 토벌대가 전멸하던 그때.

태극검제 청수진인과 혜광 또한 적을 마주하고 있었다.

그들을 노리고 나선 천마수신위다.

그 숫자만 일백.

천마를 가장 가까운 곳에서 호위하는 천마수신위의 무위는 절대 얕지 않다.

마교의 서열에 들 수 없지만, 그들 개개인의 무공은 현 마교 백대고수의 중간은 차지할 수 있을 만한 실력이었다.

"……."

그림자처럼 천마를 지키는 천마수신위이기 때문일까.

"이 시커먼 것들은 다짜고짜 쳐들어와서는 뭔 말도 없어?"

말이 없다.

혜광도 그것이 불만인 듯했다.

"초면에 어른을 찾아왔으면 자기소개쯤은 해야 할 것 아니야! 하여간 요즘 것들은 가정교육을 대체 어떻게 받아 처먹은 것인지! 마교에서는 그렇게 가르치더냐!"

혜광은 자신들을 포위한 천마수신위를 보고도 경계하기는커녕 예의 없다고 역정만 냈다.

"육시랄! 하여간 조용히 살려고 해도……."

그러면서 툭툭 자리를 털고 일어선다.

"제가 나설까요?"

그런 혜광의 모습에 태극검제 청수진인이 웃으며 물었다.

"됐다! 몸도 안 좋은 놈이 제가 나서긴 뭘 제가 나서야. 그러다 어디 고장이라도 나면? 이 나이에 내가 무당파까지 네놈 병시중할 일 있느냐?"

"허허허허! 그렇습니까?"

"웃기는!"

핀잔에도 그냥 웃기만 하는 청수진인을 한 번 노려본 혜광은 이내 고개를 돌렸다.

천마수신위는 혜광과 청수진인을 중심으로 둥글게 포위한 상태다.

"길게 끌 것 없이 빨리 끝내자꾸나. 덤비거라. 아니다! 어차피 죽을 것 귀찮게 움직여 뭘 할까. 가만히 있어! 금방 끝날 것이니!"

뚝 말이 끝났다.

그리고.

펑!

터졌다.

혜광과 청수진인을 둘러싼 천마수신위 일백의 머리가 터져 허공을 흩날렸다.

검을 휘두른 것도 아니고, 몸을 움직인 것도 아닌데 벌어진 결과다.

"허허허! 사숙께서 펼치시는 십단금은 언제 보아도 기이하군요."

청수진인은 이러한 광경이 익숙하기라도 한 듯 허허롭게 웃으며 감탄했다.

"기이는 개뿔! 그럼? 이 나이에 삐그덕거리는 몸뚱이 이끌고 일일이 손뼉 짝짝꿍해 주길 바라더냐? 욕심나면 가르쳐 주

마. 사흘만 빡시게 두들겨 맞으면 너도 할 수 있을 것이다. 그래 보았자 저 정도 수준인 놈들에게나 통하겠지만…… 그나마도 미리 대비하고 있으면 헛 공력만 쓰는 것이지."

"허허! 그렇습니까?"

아무런 전조도 없이 일백이나 되는 숫자의 목숨을 거두었다.

그럼에도 두 사람은 특별할 것 없다는 듯 가볍게 대화를 나눌 뿐이다.

문득 청수진인의 얼굴에 근심이 어렸다.

"걱정입니다. 저들이 이렇게 노골적으로 우릴 노렸다면……이현이와 청화 또한 노린다는 뜻이지 않겠습니까?"

"이미 노렸겠지. 여기에 안 보이는 놈들은 죄다 그놈 죽이러 갔을 것이다."

"허……!"

"허는 얼어 죽을 허야! 쓸데없는 걱정하지 마라. 그 싹수 노란 놈이 어떤 놈인데 걱정을 하고 앉아 있어? 이 정도 수준인 놈들이 몰려든다고 그놈을 어찌할 수 있으리라 생각하느냐? 패고 죽이는 건 네놈보다 그놈이 훨씬 나으니까."

"허나, 사람 마음이 그것이 아닌 걸 어찌하겠습니까."

이현을 걱정할 필요가 없다는 것은 청수진인도 잘 안다.

이현에게는 일천에 달하는 의혈단이 있다. 이현 개인도 전혀 물렁물렁하지 않다. 아니, 무위는 아직 그에 비해 모자랄지 몰라도 적어도 사람 죽이는 일에서만큼은 그 자신보다 훨씬 낫다는 건 안다.

청연 비무에서 머리를 다치고 하루아침에 다른 사람이 된 이현이었지만, 또 그런 쪽으로는 그대로였으니까.

그나마 이젠 무작정 아무나 죽이고 다닐 것 같진 않아 안심하고 있을 뿐이다.

어찌 되었든.

아무리 제자가 뛰어나도. 제자의 곁에 많은 수하가 붙어 있어도.

제자의 안위를 걱정하는 것은 스승의 숙명 같은 것이다.

그런 청수진인의 넋두리에 혜광은 눈을 찌푸렸다.

그의 성격상 청수진인의 모습은 제자를 걱정하는 스승의 마음씨라기보단 지지리 궁상으로 비쳐 졌을 터다.

"뭣하면 가면 되지. 최대한 일 크게 안 벌이려고 고생했다면, 어차피 깨진 뒤웅박 아니냐. 깨진 뒤웅박 조각 붙잡고 있어 봐야 소용없는 짓이니 그놈과 합류해서 돌아가면 되겠구나."

"허허! 그러시겠습니까?"

그제야 청수진인의 얼굴에서 근심이 사라진다.

신강에서의 일을 마치고 이현과 합류한다.

물론, 당사자가 원하는지 원하지 않는지는 두 사람에게는 중요하지 않았다.

"오랜만에 술은 원 없이 먹겠구나!"

혜광은 오랜만에 원 없이 술을 마실 생각에 마냥 즐거워 보였다.

第八章

불 꺼진 대전은 을씨년스럽다. 열린 창틈으로 불어오는 바람이 대전을 관통할 때에 나는 소리는 귀곡성을 닮았다.

마뇌는 그 어두운 대전에서 천마를 기다리고 있었다.

급한 보고 때문이다.

신강에서 전해 온 소식이다. 아직 중원에 알려지지 않았지만, 아마 이 사실이 전해지면 그 충격이 절대 작지 않으리라.

천마신교가 마적들을 토벌하기 위해 두 번이나 무사대를 출정시켰다.

그런데 그 두 번의 결과는 같다.

전멸.

한낱 변방의 마적들을 토벌하는 일이 이러한 결과로 드러날 것이라곤 누구도 예상하지 못한 일이다.

이 참담한 소식을 전해야 하는 마뇌의 심정도 참담하기 이를 데 없었다.

그의 계획은 완전히 틀어졌다.

무엇보다 걱정인 것은 이 소식을 접할 천마의 반응이었다.

'요즘 부쩍 신경질적이 되신 교주시라면…….'

질끈 입술을 깨물었다.

갑작스러운 천마의 변화는 오랜 세월 그의 곁을 지킨 마뇌도 당황스러울 정도였다.

원래의 천마는 지금까지의 신교의 다른 천마들과는 달랐다.

치밀했다. 또한, 허투루 움직이는 법이 없다.

마뇌가 항상 전면에 나서 신교의 대소사를 관리했던 것도 그러한 천마의 치밀한 성정에 기인했었다.

그런데 바뀌었다.

천마는 확실히 변했다.

급작스럽게 신경질적으로 변한 천마는 하루에도 몇 번씩 시중을 드는 시비를 죽였다. 그의 눈 밖에 나는 휘하 교도들의 목숨을 빼앗는 것도 서슴지 않았다.

그 이유는 하나같이 사소한 것들이다.

예전의 천마였다면 그저 무심히 넘길 것들이다.

오늘 아침에도 또 시비가 죽었다.

감정 기복이 심해진 천마는 마뇌로서도 부담스럽게 느껴질 정도다.

요즘 천마와 마주할 때면 목이 서늘하다.

언제 천마의 기분이 변해 목이 날아갈지 짐작할 수 없기 때문이다.

'교주께서 신강의 일이 실패했음을 아신다면 결코 가만히 있지 않으실 테지.'

또 몇 명의 사람이 죽어 나갈지 모른다. 아니, 어쩌면 하나 둘의 단위를 훌쩍 넘을 수도 없다. 천마는 천마신교의 절대자이자 신앙이며, 법이었으니 누구도 분노한 그를 막을 수 없다.

그럼에도 전해야 한다.

신강의 마적 토벌은 천마가 지시한 일이고, 그가 관심을 두고 있는 일이다.

그리고.

기다리던, 어쩌면 오지 않길 바랐던 천마가 대전에 모습을 드러냈다.

"이 밤에 보고라…… 좋은 쪽은 아닌가 보군!"

천마의 목소리는 나른했다.

아니, 실제로도 대전을 걸어 들어와 자리에 앉은 그가 보인 모든 행동은 하나같이 나른하고 권태로운 자의 그것이다.

하지만 긴장을 끈을 놓아서는 안 된다.

이 나른하고 권태로운 태도의 천마가 언제 급변한 모습을 보일지 누구도 예상할 수 없다.

오히려 마뇌는 그런 천마의 모습이 폭풍전야의 고요를 느꼈다.

"보고를 시작하라."

나른한 천마의 명령.

"신강으로 출행한 마적 토벌대가 전멸했습니다."

최소한 차분한 목소리로 보고를 울린다.

부디 그러한 노력이 통해 천마의 분노가 폭발하지 않기를 바라는 행동이었다.

질끈.

그러면서도 두 눈을 질끈 감는 것은.

자신의 이러한 노력이 그다지 효과를 발휘하기 어렵다는 것을 스스로도 인지하고 있는 탓이다.

그런데 웬걸?

"……."

당장에라도 불같이 분노를 뿜어 댈 것이라 예상한 천마는 뜻밖에도 너무나 고요했다.

"그렇군."

그저 한참의 침묵 끝에 담담히 고개를 끄덕일 뿐이다.

예상치 못한 천마의 반응에 마뇌도 쉽사리 반응하지 못했다. 무어라 반응해야 좋을지 스스로 갈피가 잡히지 않았다.

"……."

그러는 동안 두 사람 사이에는 침묵만 감돌았다.

열린 창문으로 들어오는 바람 소리가 거칠다.

"바람이 차갑군그래."

천마가 먼저 입을 열었다.

그리고 손을 뻗어 허공을 가리켰다.

탁! 타닥! 탁!

그 한 번의 손동작에 대전에 열린 모든 창문이 스스로 움직여 닫혔다.

덕분에 대전은 더욱더 어두워졌다.

'허공섭물? 아니, 아니면 다른 것이란 말인가?'

직접 손을 쓰지도 않고 대전의 모든 창문을 닫았다.

그런 천마의 수를 가늠해 보는 마뇌였지만, 좀처럼 짚이는 것이 없다.

허공섭물이 유력하긴 하다.

천하십대고수의 한 사람이자, 그중에서도 천하제일을 다투는 천마라면 그리 어려울 것 없다.

그러나 그것과는 무언가 다르다.

확실히 무엇이라고 확정할 수 없지만, 신교의 총군사의 자리를 지켜 온 마뇌의 감각이 허공섭물이 아니라 이야기하고 있었다.

하지만 그것은 중요하지 않다.

"이제 하던 이야기 계속하지. 누구지? 본교의 행사를 가로막은 자는?"

천마는 대화를 원했으니까.

"무당파입니다. 더 정확히 말씀드리자면 이현입니다. 의혈단이라는 집단을 손에 쥐고 신강에 입성한 그는 단기간에 신강 오대 마적단을 흡수하였습니다. 이번 실패의 첫 번째 원인은 그 때문으로 파악되고 있습니다. 물론, 결정적인 이유는 따로 있습니다. 파악된 정보로는 이현은 우리 신교와의 전투에서 화탄을 사용했다고 합니다."

긴 이야기를 쉼 없이 쏟아 내면서도 천마의 눈치를 살피는 마뇌다.

그러면서도 필요한 정보는 모두 잊지 않았다.

'이런!'

그러면서도 실책을 깨닫는다.

이현.

그는 최근 이름을 얻기 시작한 신출내기다. 신교의 꼭대기에서 천하를 내려다보는 천마가 알 만한 인물이 아니다.

"이현이란 자는……."

급히 실책을 만회하고 부족한 설명을 덧붙이려 했다.

하지만 그럴 필요가 없었다.

"이현이라? 무당잠룡 이현을 말하는가?"

천마는 알고 있었다.

세상 가장 높은 곳에서 천하를 굽어보는 천마가 한낱 신출내기 후기지수를 이미 파악하고 있다는 것은 놀라운 일이었다.

"예! 그입니다."

"그 아이가 왜 신강에 있지?"

심지어 '그 아이'라 칭했다.

은근한 친근감마저 느껴지는 호칭이다.

하지만 마뇌는 의문을 채우기보다는 천마의 궁금증을 해결해 주는 쪽을 택했다.

그것이 그의 일이다.

"오검연비무 우승 보상으로 신강 여행을 청했다고 합니다. 시기가 얽힌 것인지, 아니면 처음부터 지금의 상황을 획책한 것인지는 아직 파악하지 못하였습니다."

"그렇군. 이현이라……."

천마는 고개를 끄덕였다.

다시 이현이란 이름을 곱씹는다.

"이상하군. 확실히!"

그리고 가만히 감상을 내놓았다.

천마에게는 단순한 감상일지 모르겠지만 마뇌는 단순한 감상으로만 받아들일 수 없었다.

"곧 조사하겠습니다. 보름 정도면 원하시는 정보를 모두 얻을 수 있겠지요."

"아니, 그러지 말지."

"예? 그게 무슨……?"

"그럴 필요가 없다는 뜻이다."

정작 관심을 보인 당사자이면서도 조사를 시작하는 것은 반대한다.

'그럴 필요가 없다니?'

기묘한 위화감이 마뇌를 사로잡았다.

뒤통수가 아릿해 오는 느닷없이 찾아온 불길한 감각이다.

그 사이.

"마뇌."

천마가 마뇌의 상념을 잘랐다.

"하명하시지요."

"그대와 함께한 시간도 제법 오래되었지?"

갑작스러운 물음이다.

지금의 상황과는 전혀 어울리지 않는 감성적인 질문에 마뇌는 순간 멈칫했다.

의아하게도 마뇌가 느끼는 위화감은 점점 더 강렬해지고 있었다.

마뇌는 애써 자신의 감정을 숨겼다.

대신 미소를 지었다.

"그러고 보니 참 오래되었습니다. 교주님께서 지금의 교위에 오르시기 전부터 보필하였으니까요."

"대계를 계획한 것도 그때쯤이었지?"

"그랬지요. 지금에 와서는 실패한 계책이 되었지만요."

고개를 끄덕였다.

입가에는 씁쓸한 웃음이 걸렸다.

"아니. 재미있었다. 앉은 자리에서 천하를 손에 넣는다. 지금 생각해도 재미있는 생각이었다. 지금껏 무림일통(武林一統)을 꿈꾸면서도 실패를 반복하던 본교를 비웃는 발상이었으니까."

"큰 그림은 먼저 교주님께서 그리셨지요."

오래전 그가 처음 천마와 함께했을 때.

천마는 무림일통을 위한 새로운 그림을 그렸다. 지금까지의 천마신교가 행해 왔던 무림일통을 위한 방법과는 전혀 다른 발상에서 시작한 계획.

마뇌가 그에게 충성을 바친 것도 천마가 그린 큰 그림에 매

료되었기 때문이다.

천마는 큰 그림을 그리고, 실행했다.

마뇌는 천마의 곁에서 그 그림이 완성될 수 있도록 세밀한 부분을 조절하고, 천마가 그림을 그리는 데 장애가 없도록 보필했다.

사실.

지금의 천마가 천마의 자리에 올랐던 것도.

그저 천마가 그린 큰 그림을 완성하기 위한 중간 과정에 불과했었다.

패기 넘치던 시절의 이야기다.

오로지 하나의 목표를 향해 정열적으로 매달렸던 시기이기도 했다.

"그 그림을 완성하기 위해 제자 셋을 들였지. 아무런 목적도 없이 제자를 들인 것은 넷째뿐. 뭐, 그 녀석도 결국 부모 봉양하겠다고 낙향했지만……."

대계를 위해 들인 세 제자. 그리고 아무런 목적도 없이 단지 천마의 변덕으로 들인 막내 제자.

무림에서 찾아보기 어려운 인물들이다. 또한, 하나를 가르치면 스스로 열을 깨치는 천재들이다.

그런 천재들을 위한 천마의 가르침과 신교의 전폭적인 지원은 천문학적이라 해도 좋았다.

그 지원 아래 성장한 천재들의 성취가 낮을 리 없다. 이미 천째와 둘째는 천하십대고수에 당당히 그 이름을 올리고 있다.

자랑해야 할 일이다.

그러나 자랑하지 않았다. 무림에서도 천마의 제자들의 존재는 알려지지 않았다.

모두 대계를 위해서다.

그리고 그들은.

모두 천마신교를 떠났다.

"재미있었다. 성공적이었지만 또한 실패했지. 실패의 요인은 무엇이라 생각하나. 마뇌?"

천마의 물음.

가장 뜨거웠던 시절에 꿈 같았던 계책은 실패로 결론 났다.

왜 새삼 뒤늦게 그 시절의 이야기를 언급하는지는 알 수 없었지만, 의문을 표하진 않았다.

대신 마뇌는 제 생각을 이야기했다.

천마와 마뇌. 신교의 지원 아래 진행된 대계가 물거품으로 돌아간 이유.

"대계도 결국 사람이 하는 일이겠지요."

"그래. 사람이지. 모든 것은 결국 사람이 하는 일이지. 사람은 너무나 쉽게 변하는 존재야. 안 그렇나?"

"그렇습니다."

대계는 실패했다. 사람이 변했으니, 대계라고 변하지 않을 리 없다.

그러니 실패할 수밖에 없었다.

젊은 날의 천마와 마뇌는 그 당연한 이치를 놓치고 있었다.

문득.

"그래서 자네 또한 변했군. 너도 사람이었다."

천마의 목소리가 변했다.

권태가 가득한 나른한 목소리가 무거운 중검으로 변해 마뇌의 어깨를 짓눌렀다.

"그게 무슨?"

순간 당황한 마뇌가 의문을 표하며 천마를 바라보았지만, 천마의 얼굴은 변함이 없었다.

"꿈을 꾸었다. 매일 같이 반복되는 꿈. 미래의 꿈이다. 또한, 뒤틀린 꿈이기도 하지. 처음에는 희미했던 것들이 시간이 지날수록 점점 더 선명해지고, 확장되었다."

"그 꿈이라면…… 일전에 말씀하신 그 예지몽을 이야기하시는 것입니까?"

요 몇 년 사이 시작된 천마의 예지몽.

마뇌는 믿지 않았다. 어느 날 갑자기 미래를 보여 주는 예지몽이 생기다니.

믿을 수 없는 일이다.

아니, 있어서는 안 되는 일이어야만 했다.

"꿈속에서 신교가 불타고, 나는 죽었다. 누대에 걸쳐 완성한 신교의 명성은 바닥에 떨어졌다. 혈천신마. 그의 손에 신교의 모든 것은 지나간 역사가 되었다."

천마는 마뇌의 물음에 답하지 않았다.

그러나 그것만으로도 이미 마뇌의 물음에 답한 것이나 다름없다.

혈천신마라는 이름을 듣는 순간 천마가 이야기하는 것이 예지몽임을 확신할 수 있었으니까.

"터무니없는 꿈이지요. 혈천신마라는 자조차 너무나 터무니없는 존재이지 않습니까. 어느 날 갑자기 나타난 절대자라니요!"

고수 하나를 탄생시키는 데 필요한 금액은 천문학적이다. 대계를 위해 천하십대고수의 반열에 오를 고수 둘을 키워 보았으니 안다.

하물며, 거기에 들어가는 시간과 노력은. 무공과 경험은.

결코, 돈으로 환산할 수도 없는 것들이다.

어느 날 갑자기 나타난 절대고수. 그것도 고작 스물 남짓의 어린 나이의 고수가 천마신교를 무너트리고 천마를 죽인다는 건 말도 안 되는 망상에 불과했다.

"그리고 그 꿈에!"

하지만 이러한 주장도 천마에겐 무용지물이다.

천마는 마뇌가 어떤 말을 하든 상관없이 자신의 이야기를 계속해 나갔다.

"자네도 보이더군. 혈천신마가 들이닥치기 석 달 전. 신교엔 반란이 일어났다. 교도의 절반이 이 몸을 죽이려 날뛰더군. 그 반란의 중심에 자네가 있었지."

"마, 말도 안 되는!"

"나를 죽이고자 천마혈검대, 천마만만대가 선봉을 섰다. 추혈검대와 북마출검대. 마종원(魔從院)과, 일이(一二)장로. 그밖에 내외당의 마졸들. 그리고 이 몸을 지켜야 할 천마수신위까지. 제법 준비를 많이 했더군. 덕분에 크게 낭패를 당하기도 했지. 안 그런가?"

"그, 그게……!"

마뇌는 말도 안 되는 이야기라 주장하려 했다. 고작 꿈 때문에 천마의 불신을 산다는 건 있을 수도 없었다.

그럼에도 마뇌는 말을 잇지 못했다.

시간이 지날수록 어깨를 짓누르는 천마의 목소리에 항거할 수 없었다.

투둑! 우둑!

척추가 짓눌리고 어깨가 금방이라도 빠질 것 같다.

그러던 중.

"교주님! 부군사 효후입니다. 군마단주(群魔團主)도 함께 뵙기를 청합니다."

굳게 닫힌 대전의 문밖으로 부군사 효후의 목소리가 들려왔다.

"들지."

마뇌가 미처 입을 열기도 전에, 천마의 허락이 떨어졌다.

굳게 닫힌 대전의 문이 열린다.

"……!"

열린 문 너머로 펼쳐진 세상과 대전으로 걸어 들어오는 피에 젖은 군마단주의 모습.

그 모습을 확인한 순간 마뇌는 몸이 떨렸다.

'교주가 이미 움직였구나! 허면, 창을 닫은 것은……!'

열린 문틈으로 보이는 바깥의 풍경은 그야말로 참혹했다.

시산혈해(屍山血海).

시체가 산을 이루고 피가 바다를 이루었다.

그보다 더 좋은 표현이 생각나지 않을 만큼 참혹한 살육의 현장이다. 지금도 싸움은 계속되고 있었지만, 그 또한 일방적인 학살에 불과했다.

그제야 깨달았다.

천마가 대전의 모든 창문을 닫은 이유.

마뇌와 대전 밖의 세상을 단절시키기 위함이었다. 열린 문 틈으로도 비명이 전해오지 않는 것을 보면 천마가 이미 기막을 펼쳐 소리마저 차단한 것임을 짐작할 수 있었다.

어쩌면 창을 닫는 행위 자체가 살육의 시작을 알리는 신호일지도 몰랐다.

천마는 이미 살육을 결심하고 있었다.

아니, 그보다 훨씬 이전에 천마의 마음은 확실히 굳어 있었다.

'허면, 굳이 고집을 부려 신강 마적들을 토벌하려 하셨던 것도……!'

마적 토벌은 구색일 뿐이다.

마적 토벌에 투입된 무인들의 면면을 보아도 알 수 있다. 추혈검대, 천마혈검대, 천마만만대. 그들 모두 천마가 반역에 동참했다 주장하던 이들이었다.

"고, 고작 꿈 따위에……."

아연실색한 마뇌는 천마의 얼굴을 보며 중얼거렸다.

천마는 무심했다.

아니, 마뇌에게는 눈길조차 주지 않았다.

"보고하라."

대신 새로 대전으로 들어온 두 사람을 바라보고 있을 뿐입니다.

"교내의 사정이 여의치 않아 소신이 대신 보고를 올리게 된 점 사죄드리겠습니다. 말씀하신 명령은 이행되고 있습니다. 초기에 희생이 있었으나, 곧 정리될 것으로 보입니다."

군마단주가 무릎을 꿇고 보고를 올린다.

내교의 일개 단주에 불과한 그가 이렇게 직접 보고를 올리고 있는 것도 그 때문이다. 아직 교내의 정리는 끝나지 않았다.

천마와 직접 마주할 수 있는 직위를 가진 이들은 교내를 정리하고 있었다.

천마는 개의치 않았다.

"증거는?"

대답은 군마단주가 아닌 효우에게서 나왔다.

"마뇌가 작성한 자금 결제서입니다. 또한, 그 금액의 이동과 쓰임 모두 이미 확인하였습니다. 그리고 이것은 마뇌가 반역도당과 주고받은 서찰입니다. 확인한 바로 필체와 직인 모두 마뇌의 것이 확실하다 합니다."

효후가 직접 보고를 마치며 서류 뭉치를 내민다. 그 부피가 작지 않다. 하루 이틀 준비하고 조사한 것은 아니라는 뜻이다. 더욱이 마뇌도 안다. 이미 오래전부터 조사가 시작된 것이었다면 지금 효후가 내민 것은 일부에 지나지 않을 것이다.

"하……! 고작, 꿈 따위에……."

마뇌는 망연히 중얼거렸다.

끝났다.

이제는 더는 숨길 수 없게 되어 버렸다. 고작 꿈 하나 때문에 몇 년을 준비해 온 마뇌의 대계는 실패로 돌아갔다.

마뇌는 반역을 준비하고 있었다.

'불안하다가 여기긴 하였다만⋯⋯.'

어느 날부터 시작된 천마의 예지몽이 마뇌를 불안하게 했다.

그러나 크게 행동하지 않았다.

경거망동의 우를 범하여 의심을 자처할 필요도 없거니와, 천마는 반역에 대해서는 언급하지 않았으니까. 심지어, 이따금 예지몽을 이야기하면서도 반역에 관한 내용은 말하지 않았다.

아니, 그런 것을 제쳐 두고서라도.

천마는 단 한 번도 기미를 보이지 않았다. 오랜 세월 그를 곁에서 지켜본 마뇌도 눈치채지 못할 정도였다. 신강에 이 차마적 토벌대를 보낸 것을 제외한다면 그를 대하는 태도도 전과 변함이 없었었다.

'그 또한 변명밖에 더 되겠는가⋯⋯!'

변명이다. 지나치게 과신하고 있었다.

신교에 일어나는 모든 일은 자신의 눈을 피하지 못할 것이라 여긴 자기과신.

그래서 당했다.

뒤로는 이 같은 준비를 하는지도 모르는 채.

"이유는 묻지 않지."

자책하던 마뇌의 귓가로 천마의 목소리가 들려왔다.

"감사합니다."

마뇌도 이제는 자책만 하고 있을 수는 없었다.

이미 상황은 그가 조절할 수 없는 방향으로 흘러가고 있었다. 아니, 끝이다. 더는 아무것도 손댈 수 없다.

하지만 마뇌에겐 새로운 시작이 기다리고 있었다.

실패로 돌아간 반역에는 철저한 응징이 뒤따르는 것은 역사적으로도 증명된 사실이었으니까.

마뇌가 알고 있던 천마도 반역을 용서할 만큼 자비롭지 않다.

"큽!"

천마의 기세가 급변했다.

그저 어깨를 짓누르기만 했던 압박감이 바뀌었다. 위아래. 사방 천지. 대기가 바뀌었다. 세상이 그를 짓누른다.

숨 쉬는 것조차 버겁고, 손가락 하나 까딱하는 것도 허락되지 않는다.

어느덧 대전은 붉은 기운으로 가득 차 있었다.

천마를 상징하는 것은 불과 어둠.

그 때문에 천마가 내뿜는 기운의 빛깔도 불처럼 붉게 빛나고 어둠처럼 검고 깊다.

하지만 그것과는 조금 달랐다.

더욱 끈끈하고 지독했다.

"누구지? 자네를 변하게 한 자는?"

천마가 묻는다.

마뇌가 천마를 잘 알 듯, 천마도 마뇌를 잘 안다.

정면에 서기보단 한 걸음 뒤에 서길 원하는 마뇌다. 그런 마뇌가 반역을 일으켰다면, 그건 그가 정면에 서길 원해서 그런 것이 아닐 것이다.

지금의 천마가 아닌 새로운 주인을 찾은 것이리라.

끝을 맞이하는 마뇌는 웃으며 답했다.

"알려드리지 않을 것임을 잘 알고 계시지 않습니까?"

천마의 추측은 맞다.

새로운 주인이 있다. 하지만 마뇌의 자존심은 그것을 말할 만큼 얄팍하지 않았다.

말하지 않는다.

죽어도!

"제 주인께서는 아직 시작도 하지 않으셨습니다."

그러니 실패도 없다.

반란의 실패는 마뇌의 실패이지, 그의 새로운 주인의 실패가 아니다. 실패하지 않았으니 주인의 정체를 밝힐 수도 없다.

그것이 항상 이인자로 살아온 마뇌의 자존심이었다.

"젊고 열정적인가 보군."

"과거의 당신만큼. 아니, 그보다 더."

"그렇군."

천마는 담담히 고개를 끄덕였다.

그도 아는 것이다. 마뇌가 입을 닫은 이상 고문을 한다 하여도 소용이 없다는 것쯤은.

"하나만 여쭈어도 되겠습니까?"

마뇌는 마지막으로 질문했다. 사실, 내심 가장 궁금했던 의문이다.

"반역. 당신의 꿈속에서 저는 반역에 성공하였습니까?"

"실패했다. 천마수신위의 기습에 중상을 입긴 했지만…… 결국 반란은 성공하지 못했다."

"이미 그렇게 흘러갔을 일이라…… 차라리 마음이 편하군요."

어차피 실패할 일.

그 실패가 좀 더 빨리 이루어졌을 뿐이라 생각하니 마음이 편하다.

실패에 미련을 둘 필요가 없어졌다.

"그것뿐인가?"

천마가 물었다.

"예."

마뇌가 답했다.

"그렇군."

천마는 고개를 끄덕였고, 마뇌는 담담히 그 모습을 지켜보았다.

그 순간.

쩡!

세상이, 대기가 깨져 나갔다.

깨진 사기그릇처럼. 대전 안의 대기가 불규칙적으로 어긋났다. 거미줄 같은 실금이 대전을 가득 채웠다.

깨어짐에 중심엔 마뇌가 있다.

세상이 깨어져 나갔는데 마뇌라고 무사할 리 없다.

피슉!

피 화살이 솟았다.

마뇌의 몸에 생긴 거미줄처럼 가는 붉은 선들에서 핏줄기가 튀었다.

사지육신, 오장육부가 깨어져 나가 핏물이 새어 나온다.

마뇌의 전신은 이미 채 썰리듯 잘게 베어져 있는 상황이다.

그럼에도 고통은 없다.

당장 온몸이 무너져도 이상하지 않을 이 상황에서 몸은 무너지지 않고, 고통도 없다. 정신은 오히려 또렷하기까지 하다.

이건 마뇌의 주체가 아니다.

그럴 만한 능력도, 의지도 없다.

천마의 능력이고, 천마의 의지다.

"……왜?"

왜 죽이지 않고 있느냐는 의문이다.

몸은 당장 죽어도 이상하지 않다. 쉽게 죽이지 않고 고통을 주기 위함이라 하기엔, 고통은 너무나 얕다.

"곧 알게 될 것이다."

그런 마뇌의 물음에 천마는 무심히 답했다.

그리고.

"읍!"

천마의 말은 거짓이 아니었다.

빠져나간다. 기운과 정신이 빠져나가는 것 같다. 피는 물론, 살점과 뼛조각까지 모두 녹아 어디론가 빨려 들어가는 느낌.

또렷해진 정신은 그 감각을 하나하나 세밀하게 전해 주고 있었다.

실제로도 마뇌의 몸은 아래에서부터 서서히 녹아내리고 있었다.

녹아내린 육체는 어디론가 빨려 들어간다.

대전을 가득 채운 붉은 기운은 더더욱 짙어지고 있다.

"······설마!"

문득 떠올랐다.

어디선가 본 적 있다. 이와 같은 모습을 발하는 무공이 신교 내에 있다고 들었다.

천마에게만 허락된 무공.

무엇이든 삼켜 버리는. 종래에는 제 주인마저 먹어치워 버린다는 무공.

오랜 신교의 역사 속에서 수많은 천마가 탐했고, 도전했으나, 모두 먹혀 버렸던 무공.

"천마흡혼공(天魔吸魂功)!"

천마흡혼공.

타인의 기운은 물론, 그 육신과 혼백마저 먹어치운다는 신교의 절세 마공.

그 경이적인 내공심법은 시전자를 단숨에 천하제일로 만들어 주지만, 끝내 이지를 상실한 광인으로 만든다 하여 신교에서조차 마공이라 명명했을 정도다.

그것을 천마가 익혔다.

오랜 세월 치밀함과 냉정함을 잃지 않았던 천마가.

"왜······ 왜?"

마뇌는 경악에 찬 의문을 내뱉었다.

"먹히는 것보단 미치는 편이 낫겠지."

천마가 답했다.

"혈천신마 때문입니까? 고작 그 터무니없는 꿈속의 존재 때문에 인간이기를 포기하시겠다는 겁니까?"

"그 꿈이 반란을 맞췄지."

"아……!"

돌이킬 수 없는 선택을 한 천마를 힐난해야 하지만, 차마 그럴 수가 없었다.

터무니없는 꿈이다.

하지만 그 터무니없는 꿈이 마냥 거짓만이 아니라는 것을 지금 스스로 증명하고 있지 않은가.

천마는 꿈속에서 반란을 보았고, 실제로 마뇌는 천마를 향한 반란을 획책하고 있었으니까.

'천마의 급작스러운 변화는 그 때문이었나……!'

이해하기 어렵던 천마의 갑작스러운 변화가 이제야 이해가 갔다. 신경질적이고 난폭했던 변화들은 모두 천마흡혼공의 마성 때문이다.

천마가 이렇게까지 해야만 했다는 것조차 아직 믿기지 않는다.

하지만 돌이킬 수 없는 일이다.

"마지막 질문이 될 것 같습니다."

어느덧 마뇌의 육신은 어깨 위를 남기고 모두 녹아 흡수되었다.

"말하지."

천마의 허락이 떨어지자 마뇌가 눈빛을 굳혔다.

그를 배신하고도 마음 깊은 곳에 남아 있던 충성의 조각이었다.

"자신은…… 있으십니까?"

여러 가지 의미가 함축된 의미였다.

천마흡혼공에 먹히지 않을 자신이 있는지, 혈천신마에게 패하지 않을 자신이 있는지.

그것을 묻고 있다.

그리고 천마는.

"물론."

고개를 끄덕였다.

그 당당한 모습에 마뇌의 입가엔 미소가 걸렸다.

"다행입니다. 이제야 천마다우십니다. 아쉽군요. 이 모습이 남아 있음을 알았다면 함께 파멸을 향해 걸어……."

마뇌는 말을 끝맺지 못했다.

입까지 녹아내렸다. 나머지 머리도 이내 모두 녹아 사라져 버린다.

봄날 눈 녹듯이.

그렇게 녹아 버린 마뇌의 신체는 이제 그 흔적조차 찾을 수 없다.

"……."

대전은 침묵에 잠들었다.

천마흡혼공에 의해 마뇌가 흡수되는 모든 과정을 지켜본 효후와 군마단주는 감히 입을 열지 못했다.

그럴 리 없음을 알면서도 혹여 자신마저 삼켜지지 않을까 두려웠던 터다.

"끝났군. 준비는."

이제 혈천신마를 맞이할 준비는 끝났다.

"잠시 외유를 다녀오지."

천마는 미뤄 왔던 결정을 내렸다.

"아, 아직 정리도 끝나지 않았는데. 어, 어디로……?"

갑작스러운 결정에 놀란 효후가 물었지만, 천마는 단호했다.

"신강! 혈천신마를 보러 갈 생각이다."

준비가 끝났으니 이제 미뤄 왔던 의문을 해소할 차례다.

천마가 신강으로 향했다.

*　　　*　　　*

덜커덩, 덜커덩, 덜커덩.

혈란을 뒤로하고 나귀가 끄는 수레가 나왔다.

나귀를 이끄는 사내의 손은 매우 희고 고왔는데, 그 덩치는
또 거대하다. 얼핏 겉으로 보기에도 단단해 보였는데, 팔뚝 위
로 드러난 심줄은 어느 역사의 그것보다도 크고 질겨 보였다.

"허허허. 힘내십시오. 그래도 맛있게 먹어 주니 얼마나 좋습
니까. 저리도 좋아해 주시니 어쩌면 준비한 고기가 금세 동나
지나 않을까 걱정될 지경입니다."

지친 나귀를 달래는 목소리도, 외양도 젊은 사내의 것이었
지만 말투만큼은 노인 같다.

그 미묘한 불균형이 또 미묘하게 어울린다.

"자! 가시지요. 이러다 또 늦겠습니다."

사내는 소란스러운 혈란을 한번 바라보다 이내 씨익 미소
를 지으며 길을 나섰다.

사내가 혈란을 떠나는 것도 모르고.

혈란에서는 잔치가 한창이었다.

와자지껄한 잔치는 밤이 깊도록 끝날 기미가 없었다.

당연했다. 마교를 쓰러트렸다. 비록 그것이 마교의 일부분
에 불과한 마적 토벌대라 할지라도 웃고 즐길 자격은 충분했
다.

거친 사내들이 벌이는 잔치이니 술이 빠질 수가 없다. 실력도 좋지 않은 놈이 벌떡 일어나 혈란이 떠나가라 노래를 불러 젖히고, 술 취한 사내들끼리 주정 섞인 주먹다짐을 벌이기도 했다.

그럼에도 분위기는 화기애애했다.

단 한 사람만 빼고.

"대체 언제 찾아온다는 거야!"

이현이다.

앞에 벌어진 잔치판을 보고도 이현은 즐기지 못했다.

승전 잔치를 벌인다고 그동안 모았던 돈을 풀어서 먹을 것과 마실 것을 샀다.

그뿐인가. 고기는 신선도가 생명이라고 살아 있는 소 돼지 잡아다가 특별히 인근에서 가장 솜씨 있다는 자를 혈란까지 불렀다. 게다가 비싼 돈 주고 즉석에서 고기 손질까지 시키는 것을 허락했다.

마교 본산도 아니고, 고작 무사 천여 명 잡아 죽였다고 이 정도 잔치를 벌일 일은 아니었지만, 작정하고 술 마시고 놀 구실이 생긴 것은 나쁘지 않았으니까.

그런데 문제는.

펼쳐진 술 잔치에도 마음은 다른 곳에 가 있다는 것이다.

마교를 때려잡는 정도의 일을 벌이고 나면, 야율한의 몸뚱이를 가진 놈이 찾아올 것이라고 했다.

그런데 어째 코빼기도 보이지 않았다.

그것이 불만이다.

"제길! 노인네들도 이쪽으로 오고 있다는데……."

청수진인과 혜광이 이쪽을 향해 오고 있다는 소식을 들었다. 신강에서 벌어진 일이니 그 소식을 구하는 건 마적 몇몇만 동원하면 충분했다.

그 두 사람이 오면 지금의 호사도 끝이다.

고생 시작이다.

보려고 했던 야율한의 몸뚱이를 가로챈 놈은 보지도 못하고 귀 잡혀 무당파로 돌아갈 판이다.

초조했다.

하지만 어쩌겠는가.

나타나지도 않는 상대를 욕해 봐야 달라지는 건 없다.

"아이씨! 나도 몰라!"

이왕지사 이렇게 된 것.

혜광이 도착하기 전에 최대한 즐기기라도 할 심산으로 젓가락을 집었다.

오늘 직접 잡은 고기라 그런가 고기의 질이 좋긴 좋았다.

"어디 보자 어떤 놈을 먹어야……."

이현은 젓가락을 까딱거리며 먹음직하게 차려진 잔칫상을

훑었다.

그때였다.

"음?"

막 그럴듯한 음식을 젓가락으로 집어 들던 이현의 눈빛에 의문이 어렸다.

"흠……."

다른 요리, 또 다른 요리도 하나하나 살핀다. 소채나 소금에 절인 다른 요리들도 들어 확인해 보았다.

유독 시선이 머무는 쪽은 육류 쪽이다.

그것도 오늘 잡은.

"하?"

무의식적으로 얼굴에 기묘한 웃음이 돌았다.

"이 고기 손질한 놈이 누구라고?"

이현이 물었다.

"갑자기 그건 왜 물으십니까? 고기에 문제라도 있으십니까? 이상하네요. 고기 잡는 것으론 이 근방에서 제일 유명한 놈인데?"

갑작스러운 물음에 옥분이 반문했다.

"아니."

이현은 고개를 저었다.

"찾은 것 같아서."

"찾다니? 무얼요?"

고기 이야기하더니 이번엔 또 찾은 것 같단다. 자다가 봉창을 두드려도 정도가 있는 법이다.

옥분이야 당연히 이현이 무슨 말을 하고 있는지 알 리가 없다.

그러거나 말거나.

"있어. 겁나 잘난 껍데기 뒤집어쓴 놈."

입가에 걸린 이현의 웃음은 더욱더 짙어졌다.

第九章

검독수리 한 마리가 고고한 자태로 하늘을 비행한다.

깎아지른 절벽들로 이루어진 산등성이 사이를 선회하는 모습은 유려하면서도 날카롭다.

신강에서는 어렵지 않게 찾아볼 수 있는 모습이다.

이따금 굶주린 검독수리가 어린 산양을 낚아채 간다거나, 갓난아이를 낚아채간다는 건 신강에서는 종종 있는 일이었으니까.

이현은 그 모습을 보며 걸음을 옮겼다.

애써 조급해하지도, 서두르지도 않는 걸음이었으나, 발걸음은 가볍다.

혈란이 위치한 곳에서 서쪽으로 백여 리를 가면 작은 마을이 있다고 했다.

마을 이름은 중촌(中村).

말과 산양, 소와 돼지 따위를 방목하여 키우는 그곳은 몇몇 마적의 거점인 둥지 역할을 겸임하고 있는 곳이다.

그나마 신강에서는 제법 부유하고 살기 좋은 환경을 가진 셈이다.

이현의 목적지는 그곳이다.

전날 잔칫상 위에 올라온 고기를 직접 손질한 놈이 사는 곳이 바로 그곳이다.

'이런 식으로 찾게 될 것이라고는 생각도 못 했는데.'

스스로 생각해도 어이가 없어 피식 웃음이 나왔다.

흔히들 말한다.

시체에 난 흔적을 가지고도 흉수의 무공을 알아낼 수 있다고.

사실과는 거리가 멀다.

중원에 무공만 해도 한두 가지가 아니고 수천수만 가지다. 오로지 흔적만으로 무공을 유추한다는 것은 말도 안 되는 일이다.

물론 예외는 있다.

특수한 수련을 받은 전문적인 검시관이, 혹은 무공에 대한 깊은 경험과 경지를 이룬 대종사급의 고수가 살핀다면.

살해에 쓰인 무공이 무엇인지 알아낼 수 있다.

물론, 그 무공을 아주 깊게 이해하고 있어야 한다는 단서가 붙어야 하는 일이지만.

자파의 무공을 모두 파악하기도 쉽지 않거늘, 남의 문파 무공을 깊게 이해한다는 사실상 불가능에 가깝다.

그런데 이현은.

대종사급의 고수였던 경험이 있다.

그리고.

꽤 많은 무공을 제법 깊이 이해하고 있었다.

잔칫상 요리 위에 무공의 흔적이 보았다.

그것도 갓 잡아 올라온 고기에서.

고기는 신선했다. 갓 도축한 것이니 당연한 일이겠지만, 그것을 감안해도 지나치게 신선한 감이 있었다.

갓 도축한 고깃덩이는 경련과 같은 움찔거림을 보인다. 그러한 움찔거림을 보이는 시간은 그리 길지 못하다. 잔치가 한창일 때에도 그 움찔거림을 보이는 고깃덩이는 없다.

그런데 잔칫상에 올라온 생고기는 여전히 움찔거림을 보이고 있었다.

그것만으로도 시선을 끌기 충분했다.

하지만 그것으로 시선을 끌지언정 확신을 할 수는 없다.

그러나 지금 이현이 가진 감정은 확신이다.

움찔거리는 경련을 보이는 고깃덩이에서.

무공의 흔적을 보았다.

그것도 아주 익숙한. 이현에겐 이제 너무나 친숙한 무공의 흔적이다.

그것을 보고 확신했다.

　　—본명은 한야월입니다. 외지인인데 부모와 본인 세 식구가 약 오 년 전쯤에 중촌에 정착했지요. 부모는 짐 승을 방목해 키우는데 처음부터 가진 재산이 많았던 모양인지 사람을 부리더군요. 또, 본인은 푸줏간을 운영하는 것을 보면 장사 머리도 제법 좋은 듯합니다. 따로 떼 먹힐 이유가 없으니까요. 원래 그쪽 일이 유통 마진 때문에 남는 게 없는 걸로 유명하지요.

떠나 오기 전 옥분에게서 들었던 설명을 떠올렸다.

　　—싹싹하고 성격 좋다고 하더군요. 그런데 뭔가 건 드릴 분위기가 안 난다고 해야 하나? 그래서 이래저래 마적 쪽과도 큰 충돌 없이 잘 지내고 있습니다. 고기 잡는 솜씨도 좋아서 부러 찾는 사람도 많지요.

옥분은 기대 이상으로 자세히 알고 있었다.

전해 들은 이야기로 보면 제법 잘사는 듯했다. 호의호식은 못 해도 먹고살 걱정은 하지 않을 정도는 될 터다.

신강에서 그 정도면 부자다.

중원으로 치면 한 마을 지주에 비견될 정도였으니까.

그러는 사이.

아침부터 출발한 것이 아깝지 않게 슬슬 마을이 가까워지고 있었다.

동쪽에서 떠올랐던 태양은 어느덧 머리 위에 와 있다.

작열하는 태양에 대지가 달아올랐다.

이제 마을이 보이기 시작한다.

─아! 저번에 도사님 말씀 때문에 한번 조사한 적은 있었습니다. 뭐, 건진 것은 없어 굳이 보고 드릴 정도는 아니었지요. 사실, 별것도 아닙니다. 푸줏간 이름 때문입니다. 본명은 한야월인데 푸줏간 이름은 또 다릅니다. 그 때문에 모르는 사람은 그 인간의 이름이 한야월인 줄을 모릅니다. 저희도 그 푸줏간 이름 때문에 잠깐 조사를 했던 것뿐입니다. 푸줏간 이름은······.

왜 이렇게 자세히 알고 있나 했더니 이미 조사를 해 보았다고 한다.

우뚝.

문득 옥분의 설명을 떠올리며 걷던 이현이 걸음을 멈추었다.

마을 초입.

건장한 사내가 서 있었다.

한눈에 보기에도 거대한 체구에 단단한 근육이 돋보인다.

이현은 웃었다.

"와! 누구 몸뚱인지는 몰라도 겁나 잘생겼네!"

당당한 체구도, 사내다운 선 굵은 얼굴도.

사내의 모습은 송옥과 반악쯤은 가뿐히 짓밟아 줄 만큼 잘생겼다.

물론, 어디까지나 '이현의 눈에는'이라는 단서가 붙은 이야기다.

청화가 따라왔다면. '어디? 대체 어디가?'라고 분명히 의문을 표했을 것이리라.

—푸줏간 이름은 야율한 푸줏간입니다.

옥분의 마지막 설명이 떠올랐다.

옥분은 이 설명을 끝으로 장렬히 산화했다. 아니, 이현이 장렬히 산화시켰다.

"더럽게 보고 싶었다! 야율한!"

눈앞의 사내.

정신 상태가 의심스러운 지극히 주관적인 이현의 심미안에는 고금제일의 초 미남.

그는. 아니, 그의 몸은 야율한이었다.

아니, 그것도 아니다.

이현은 알고 있다.

잔칫상에 올려진 고기에 남겨진 무공의 흔적.

태극혜검이다.

야율한의 껍데기를 뒤집어쓰고 태극혜검을 펼칠 수 있는 인간은 단 하나뿐이다.

"아니, 신검이라 불러드려야 하나? 무당신검 이현?"

무당신검 이현.

몸이 바뀌기 전. 혈천신마가 중원을 온전히 손안에 넣기 전 맞섰던 필생의 호적수.

눈앞의 있는 사내는 그였다.

그리고 그는.

"허허! 설마 하고 걱정하였는데…… 결국 오셨습니까."

부정하지 않았다.

　　　　*　　　　*　　　　*

"누추하지만…… 드시지요."

무당신검은 이현을 푸줏간 안에 마련된 작은 방으로 안내했다.

"누추하긴 하지만 들어는 가 주지."

이현은 마다하지 않았다.

마치 자신이 주인이라도 되는 듯 당당히 방 안으로 들어섰다.

"꼬라지가 이게 뭐냐?"

궁색한 풍경에 핀잔도 빼놓지 않는다.

'뭐 일단은…….'

그러나 그 속은 복잡했다.

"허허. 이렇게 마주하고 있으니 기분이 묘하군요. 혜광사숙조께서는 정정하시지요? 스승님께서는요? 그래도 지금이 전보단 나으시겠다 싶으면서도 빈도(貧道)는 어쩔 수 없이 이렇게 걱정을……."

주저리주저리 쓸데없는 말을 꺼내는 무당신검의 말은 들리지도 않는다.

'만나긴 만났는데…….'

과거의 자신을. 아니, 야율한의 껍데기를 뒤집어쓴 누군가를 만나긴 해야 했다. 더욱이, 그 껍데기를 차지한 주인이, 요 몇 년 그가 겪어야 했던 모든 굴욕과 고난의 원인 제공자라면 더더욱 만나고 싶었었다.

그런데 막상 만나고 나니.

'이제 뭘 해야 하나?'

뭘 해야 할지가 막막해진다.

평소 성질머리 같아서는 단번에 목을 쳐도 모자랐다.

이렇게 한 방에 마주 보고 있는 것 자체가 말도 안 되는 일이다.

문제는.

"일단 뭐가 어떻게 된 건지부터 듣지. 내가 왜 이 모양이 된 거냐?"

그 빌어먹을 궁금증 때문이다.

눈앞의 무당신검 아니면 작금의 상황이 왜 이렇게 되었는지 설명해 줄 사람도 없으니, 선택의 여지도 없다.

'뭐 죽이는 건 언제든 할 수 있으니까.'

한편으로는 무당신검의 모가지를 쳐내는 건 언제든 할 수 있다는 자신감이 있어서이기도 했다.

어찌 되었든.

이현은 물었다.

이제 무당신검은 대답해야 할 때다.

"저도 모르겠습니다. 다만……."

"사설 끼워 놓지 마라. 누가 말코 아니랄까 봐 혓바닥은 더럽게 길어!"

"허허. 다만 젊은 날 우연히 본 술법서 때문이 아닐까 싶습니다."

"술법서?"

"예. 한날한시에 태어난 이들의 운명을 뒤바꾼다는 내용을 가진 술법서였는데…… 기억이 틀리지 않았다면 책의 상태를 보아 오래된 술법서는 아니었던 듯합니다."

"한날한시라…… 그래서?"

두 사람이 같은 해 한날한시에 태어났다는 건 서로 알고 있는 사실이다.

신검은 고개를 끄덕였다.

"이런 상황이 되고 나니 그것 말고는 딱히 짐작 가는 것이 없습니다."

"젠장! 고작 그 술법서 하나 때문에 내가 이 꼬라지가 됐다니!"

어처구니가 없다.

중원을 손안에 넣었던, 대적할 자가 없는 천하제일이었던 혈천신마가 고작 술법서 하나 때문에 이렇게 되다니.

웃음도 안 나왔다.

'얼굴을 보면 거짓말은 아닌 것 같은데……'

오랜 세월 호적수로 서로를 향해 칼날을 들이밀었던 사이다.

오래된 적은 오래된 친구와 같다고 했던가.

무당신검과의 사이가 그랬다. 그 때문인지 표정과 어조만 보아도 거짓인지 사실인지는 짐작할 수 있었다.

거짓이 아니다.

진실이 무엇이든 무당신검이 술법서를 의심하고 있는 것은 분명 사실이다.

결국, 성과는 없다.

'일단 이건 넘어가고!'

어차피 신검도 모르는 일이라면 마주앉아 추궁해 봐야 나올 건 없다.

괜한 시간 낭비일 뿐이다.

"그럼 넌 왜 그런 꼴이냐? 그 마기는 뭐야? 혼원살신공은 어디 가고?"

이현의 두 번째 의문.

혼원살신공.

혈천신마의 전부라 해도 좋을 무공이다. 혈천신마가 익힌 모든 무공의 모태는 혼원살신공에서 출발했고, 혼원살신공으로 완성되었다.

사실상 신검이 혼원살신공을 익히고 있다면 이현은 그의 상대가 되질 못한다.

이 나이 때의 혈천신마는 지금의 이현이 이룬 성취를 훨씬 웃돌았다.

그런데 신검에게선 혼원살신공의 흔적은 찾아볼 수가 없다.

대신 은근한 마기만 흘러나올 뿐이다.

마기 특유의 끈적하고 날카로운 기운은 어지간해서는 숨길 수가 없다.

"허허허. 혼원살신공이라…… 과거로 돌아오신 지 얼마 되지 않으셨나 봅니다."

그런데 오히려 신검은 웃는다.

이렇게 되니 이현이 이상한 사람이 된 것 같다.

"청연 비무인가? 그때로 돌아갔었지. 덕분에 참회동 끌려가서 개고생도 했고."

그다지 떠올리고 싶지 않은 기억이다.

"저는 그보다 훨씬 이전입니다. 신마께서 아주 어렸을 때. 그러니까 네 살 때쯤이겠군요."

"네 살? 더럽게 오래됐네?"

"예! 신마께서 혼원살신공을 얻으신 것은 그 이후 이 신강에서의 일이셨지요? 제가 과거로 돌아왔을 때는 아직 산적들도 쳐들어오지 않았을 때였습니다."

"흠……!"

침음성이 흘러나왔다.

산적.

이현이. 아니, 야율한이 신강의 척박한 환경에서 살아남기 위해 발버둥 쳐야 했던 원인이 바로 그 산적들이다.

평범한 가정이 산적의 습격으로 하루아침에 무너져 내렸었다.

그전으로 돌아갔다니.

"어쩌면 다행이라 여기고 있습니다. 회귀 전에 미리 조사를 해두지 않았으면, 곧 들이닥칠 산적의 위협도 알지 못했었을 테니까요. 당시 혈천신마라는 절대 강자를 멈춰 세우기 위해 온갖 조사를 했었으니까요."

혈천신마는 무당신검의 과거를 알지 못한다. 알 필요가 없었다. 그는 당시에도 강했고, 무당신마는 근근이 그에게 맞서는 것이 고작이었으니까.

하지만 무당신마는. 그리고 중원 무림은 다르다.

대적 불가의 상대를 멈춰 세우기 위해서는 무슨 짓이든 해야 했다. 혈천신마의 살아온 행적을 조사하는 것은 약자가 살아남기 위한 당연한 행동이었다.

"아무리 빈도라도 당시엔 고작 네 살 소동일 뿐이지요. 닥쳐올 산적들의 습격을 막을 힘은 제게 없었습니다. 그래서 꾀를 내었습니다."

"무슨 꾀?"

"늑대를 막으려면 호랑이를 불러야 하지 않겠습니까. 스승님과 신교. 아, 천마와 마교를 불렀습니다."

"천마와 마교를? 걔네가 할 짓 없어? 그 촌구석에 네가 부른다고 나타나?"

"빈도와 귀하가 한날한시에 태어났다는 것은 아시지요?"

"그런데?"

"허면, 그날 천살의 별이 떴다는 것은 아시는지요?"

"천살? 천살성?"

그 정도는 이현도 안다.

세상을 피로 물들이는, 나아가서 하늘마저 죽여 버린다는 운명의 별.

"예."

신검이 고개를 끄덕인다.

이현은 웃음을 머금었다.

"햐! 날 때부터 난 놈이었네?"

어쩐지 너무 잘났다 싶었다. 이게 다 하늘이 점지해 준 운명이었던 것이다. 자고로 인물은 하늘에서 내린다는데 본인이 그 하늘에서 내린 인물이었을 줄이야!

"허허허. 신마께서는 죽어 가는 생물이 흘리는 피가 주는 그 황홀함을 느끼셨지요?"

그런데 뜬금없이 신검이 뚱딴지같은 소리를 지껄인다.

"······?"

"살아남기 위해 발버둥 치는 것들이 주는 쾌락은요?"

점점 점입가경이다.

"미쳤냐?"

"허허! 그럼 살점을 베고 두근거리는 심장을 관통하는 그 희열은요?"

"변태냐? 이거 단단히 미친놈일세? 그딴 게 왜 희열이고 즐거움이야?"

신검을 바라보는 이현의 눈빛은 '별 미친놈 다 보겠다.'였다.

확실히 이상한 것에서 요상한 쾌락을 이야기하는 신검이 정상은 아닌 것처럼 보였다.

아니, 말만 듣고 보면 무당신검이 천살성 같다.

그러고 보니.

"잠깐! 우리 같은 날 같은 시에 태어났다고 했잖아! 그럼 너도 천살성이냐?"

"허허. 한날한시에 태어났다고 어찌 모두 천살의 주인이 될 수 있겠습니까. 그날 그 시각에 태어난 사람이 어찌 신마와 저 뿐이겠습니까. 별은 하나인데 별의 주인이 여럿이 될 수는 없는 법이지요."

"그, 그래?"

"영향은 받겠으나, 결국 별의 주인은 한 사람입니다."

"그리고 그 주인은 나고?"

"예."

신검이 담담히 웃으며 고개를 끄덕였다.

석연치는 않지만, 논리적으로 그것이 맞는 말이다. 아닌 말로 천살성의 주인이 여럿이라면 세상천지에 미친놈만 들끓을 것이 분명했다.

뭐, 이현으로서도 천살성의 주인이 자신 하나뿐이란 것이 아무래도 기분이 좋기도 했다.

'그렇지. 나만 나쁜 놈이지! 내가 제일 나쁜 놈이야! 암!'

이현이 이상한 데에서 자부심을 느끼는 사이.

"저는 천마께 제가 그 천살성임을 알렸습니다. 다행히 천마는 흥미를 보였고, 저는 그의 제자가 되었지요. 마기는 그렇게 생긴 것입니다."

"정리하자면 넌 천마의 제자가 되었고, 혼원살신공은 구경도 못 해 보았다?"

"그렇지요."

"상황 괴상하게 돌아가네? 정파의 마지막 희망이라던 무당 신검이 천마의 제자? 캬! 태상노군이 피눈물 흘리시겠네."

꼬여도 이상하게 꼬였다.

정파의 지주가 천마의 제자가 되고, 천살성의 주인이 떡하니 무당파의 제자가 되어 있다. 혈천신마의 전부인 혼원살신공은 아직 빛도 보지 못하고 잠들어 있다.

신검은 쓰게 웃었다.

"어찌하겠습니까. 살아야지요. 또 지켜야지요. 이후 천마를 스승님으로 모시며 무공을 익혔습니다. 성취가 오른 이후로는 낙향해 가족들과 함께 이곳에 정착했지요. 신마께서 언젠가 이곳을 들르지 않을까 싶었으니까요."

"푸줏간 이름도 그래서 야율한 푸줏간이냐?"

"그렇습니다."

"하고 많은 것 중에 푸줏간이 뭐냐. 푸줏간이! 격 떨어지게. 무당신검씩이나 했던 놈이! 무당신검 이름값이, 아니 천마 제자란 이름값이 아깝다!"

"어쩌겠습니까. 이제 제가 천살성인 것을…… 천살성은 죽임으로써 살아남습니다. 죽이지 못하면 그 욕구 때문에 견디질 못하지요. 그런 의미에서 보면 푸줏간도 나쁘지 않지요."

"허!"

헛웃음밖에 나오지 않는 상황이다.

그런 이현의 심정을 아는지 모르는지 담담히 자신의 이야기를 계속했다.

"더욱이 이 몸은 숨만 쉬어도 근육이 붙고, 기지개만 켜도 기운이 스스로 대주천을 하는 몸이지 않습니까. 조용히 살려 해도 주목받을 수밖에 없는 몸이지요. 이런 몸으로 상인을 할 수도 없고, 학사를 할 수도 없지 않겠습니까."

"하긴."

천부적인 몸이다.

원래의 몸 주인이었던 이현도 잘 알고 있다. 아니, 전에는 몰랐는데 지금의 이현이라는 몸뚱이를 차지하고 나서는 절실히 느끼고 있다.

이 몸뚱이는 썩었다. 그에 반해 야율한의 몸은 축복받았다.

물론, 무공이라는 전제하에 이야기다.

평범한 일상생활에서는 도리어 주목받기 딱 좋은 몸이다.

"푸줏간을 한다면 다들 이해하더군요. 더불어 천살성의 욕구도 해소 할 수 있지요. 회귀 전과 회귀 후의 경험을 살리기에도 이보다 좋은 직업은 없지요. 저는 천직을 찾았다고 생각합니다. 만족하고 있지요."

웃는다.

정말 티 없이 해맑게 웃어서 무어라 할 말도 없다.

이현은 더는 푸줏간 이야기는 하지 않기로 했다. 자신의 몸으로 저렇게 해맑게 웃는 모습을 보는 것도 고역이고, 자신의 몸이 고작 푸줏간이나 하고 있다는 사실을 받아들이는 것도 고역이다.

"마지막으로 하나만 묻자!"

대신 아직도 풀리지 않은 마지막 의문을 해결하는 쪽을 택했다.

"말씀하시지요."

"마교 일 차 마적 토벌대 전멸. 그거 네가 한 짓이냐?"

"아닙니다. 처음엔 저는 오히려 신마께서 한 일이 아니신가 했습니다. 운명이 반복되었으니까요. 따로 조사해 본 것도 그 때문이지요."

"조사?"

"예. 교도들을 상대한 것은 소수입니다. 아니, 한 사람이라 하는 것이 옳겠군요. 흔적은 분명 다수가 한 사람을 상대로 싸운 흔적이었습니다."

"그런데 너는 아니다?"

"예. 그럴 이유가 없지요. 비록 낙향했으나 지금의 저의 소속은 마교가 아닙니까?"

"뭐…… 그러네."

떨떠름한 표정으로 고개를 끄덕였다.

'아……! 찝찝한데…… 그럼 그놈은 대체 누구야?'

납득은 했다. 그런데 찝찝하다. 결국, 일 차 마적 토벌대를 전멸시킨 인간이 누구인지는 여전히 알 수가 없다.

"신강은 서장과 가깝습니다. 또한, 옛날엔 곤륜파가 자리했던 곳이지요. 군부의 고수들도 항시 상주하고 있는 곳이며, 달마대사께서 넘어오셨다던 천축도 그리 먼 곳이 아닙니다."

서장의 밀교. 곤륜의 후예. 군부, 혹은 천축의 고수.

신강의 상황이라면 그들이 나타난다고 해도 이상하진 않다. 거친 마교의 무사들과 사소한 시비가 붙었을 가능성도 아주 없지도 않다.

정말 희박한 가능성이지만, 또한 충분히 일어날 수 있는 일이다.

"이건 뭐…… 똥 누고 뒤 안 닦은 기분이라니!"

야율한의 몸뚱이를 차지한 놈만 만나면 모든 것이 해결되리라 믿었던 이현으로서는 큰 소득이 없는 일이다.

어찌 되었든.

"이제 더 물어볼 건 없다."

의문은 끝이다.

풀린 것도, 풀리지 않은 것도 있지만, 이 이상 이야기를 나누어 봐도 해결되는 것은 없다.

그렇다면.

"허허…… 이제 저를 어찌하실 생각이신지요?"

이제 신검과 이현의 문제만 남았다.

신검은 이미 모든 것을 초탈한 듯 담담히 묻고 있었다.

이현이 어떤 결정을 하든.

모든 것을 받아들일 준비가 되어 있다는 듯 아무런 경계도 하지 않는다.

"몰라서 물어? 내가 너 때문에 고생한 것만 생각하면 자다가도 이가 갈린다! 젠장! 혼원살신공은 아니더라도 태극무해는 아니잖아! 인간적으로다가!"

"허허. 그건 제가 어찌할 수 없는 문제였습니다."

"하긴, 태극검제 그 인간이 죽일 놈이지! 그래도 네가 그 빌어먹을 술법서만 안 봤으면 이런 일은 없었을 것이다."

틀린 말은 아니다.

그렇다고 분노가 가시는 건 아니다.

"그럼 이제……."

"눈 감아. 금방 끝내 주지."

"……감사합니다."

"개뿔! 감사는!"

이현은 신검을 죽이기로 마음먹었다.

어차피 몸은 돌아오지 않는다. 회귀 전의 영광은 이제 이현과는 상관없는 일이다. 그 모든 일의 원흉인 무당신검을 살려둘 이유는 없다.

애초에 더러운 성질머리상 살려 둘 이유가 있어도 살려 두진 않았을 것이다.

이현은 검을 잡았다.

도는 쓰지 않았다. 이왕이면 깔끔히 베어 주는 것이 그를 향한 마지막 배려라 여겼다.

화가 나지 않는 것은 아니지만, 무당신검은 충분히 그만한 대접을 받을 자격이 있다.

"……."

신검은 말이 없다.

그저 두 눈을 감고 담담히 다가올 죽음을 기다리고 있었다.

"간다."

막 검을 뽑을 때였다.

덜컹!

"아들 저녁 때가 되었는데 아직…… 누가 왔니?"

문이 열리고 누군가 고개를 내밀었다.

어느덧 노년에 접어들고 있는 여인이다. 방문을 열고 고개를 내민 여인은 이현과 신검의 기묘한 대치를 의아한 눈으로 번갈아 보고 있었다.

"아! 손님이 왔었습니다. 어머니!"

신검이 감았던 눈을 뜨고 부드럽게 말했다.

어머니.

그녀는 혈천신마의, 야율한의 어머니였다.

*   *   *

저녁으로 접어든 신강의 밤하늘은 별이 가득하다. 마치 누가 사금을 뿌려 놓은 듯했다. 하늘은 맑고, 바람은 선선하다.

곧 기온이 떨어져 한겨울의 그것처럼 대지가 얼어붙을 것이니, 지금이 신강의 하루 중 가장 좋은 날씨 중 하나일 것이다.

그러나.

"제길! 빌어먹을! 개 같은!"

이현의 기분은 심히 좋지 않았다.

"그래! 내가 빌어먹을 무당파에 처박혀 있다 보니 성격이 죽어서 그래! 젠장!"

자책을 하는 것인지, 무당파를 욕하는 것인지 알 수 없는 말을 거칠게 중얼거린다.

"왜 죽이질 못하냐고! 그년이 뭔데! 어차피 기억도 안 나는 년! 나 살아가는 데 하등 도움도 안 된 년! 상판대기도 기억 안 나는 그년이 뭐라고!"

죽이지 못했다.

그녀가 보는 앞에서 차마 무당신검을. 아니, 그녀가 낳고 한야월이란 이름을 준 그 육신을. 신검의 혼이 들어가 앉은 야율한을 죽일 수가 없었다.

이상한 일이다.

혈천신마 때는 그런 것 따위는 신경도 쓰지 않았다.

죽일 놈의 가족들이 보고 있든 말든 죽이고 싶으면 죽였다. 아니, 후환을 남기지 않으려 그 가족들까지 모두 쳐 죽였다.

그런데 이번엔 그럴 수가 없었다.

차마 검이 나가지 않았다.

결국.

검을 거두었다.

스스로도 이해할 수도 용납되지도 않는 행동을 해 버렸다.

그리고 지켜보았다.

신검을 아들이라 부르는 그 여인을. 장성한 아들의 끼니를 걱정하고, 아들의 손님이란 말에 어떻게든 대접을 하고 싶어 하는 그녀를.

지켜볼 수밖에 없었다.

"기분 더럽네!"

기분이 더러웠다.

신검을 죽이지 못한 것도, 그런 신검을 아들이라 부르는 여인을 보는 것도.

속 쓰릴 만큼 기분이 더럽다.

그렇게 이현이 쓰린 속을 달래고 있을 때였다.

"저건 또 뭐야?"

이현의 고개가 돌아갔다.

아무것도 보이지 않는다. 어두운 밤 지평선 저 너머.

"천마라도 나타났나?"

마기가 느껴졌다. 보이지 않지만 느껴지는 마기만큼은 확실히 대단했다. 지금의 이현으로서는 감당하기 어려울 정도다.

그 지독히도 끈적거리면서도 날카로운 기분은 꼭 독사굴 안에 갇힌 채 작두 위로 올라서는 기분이다.

피식 웃음이 나왔다.

"천마가 할 일 없는 것도 아니고, 이 먼 신강까지 뭣 하러 와? 수행원도 없이."

마기는 강렬했지만, 천마는 아닐 것이다.

천마가 움직이면 마교가 움직인다. 고작 한 명이 내뿜는 마기에 천마를 떠올렸다는 것 자체가 말이 안 된다.

"뭐, 어차피 나랑은 상관없는 일이고."

무엇보다.

이현은 그런 것 따윈 신경 쓰고 싶지 않았다.

지쳤다.

몸은 멀쩡한데 마음은 너무나 지쳐 있었다.

"거기나 가 볼까?"

기분 전환용이라고 해야 할까.

문득 떠오르는 곳이 있었다. 신강에 온 이후 의식적으로 가 보지 않았던 곳이다. 혹시 모를 사태를 대비하기 위함이었다.

하지만 이젠 그 위험도 없다. 마음도 지쳤다.

위험이 사라졌으니 지친 마음을 달래는 데에는 그곳만큼 좋은 곳도 없으리라.

"가자."

이현은 신형을 쏘아 올렸다.

*　　　*　　　*

이현이 신형을 쏘아 올렸을 때.

"……이상하군."

천마는 지평선 너머 한 곳을 응시했다.

사람이. 그것도 제법 쓸 만한 무공을 익힌 사내가 저 지평선 너머에 있음을 알았다.

신경 쓸 정도는 아니다.

그런데 신경이 쓰인다. 알 수 없는 감각의 무언가가 강하게 천마의 신경을 자극하고 있었다.

그러나 천마는 움직이지 않았다.

그보다 먼저 확인해야 할 일이 있었다.

느긋하게 한 걸음을 내디딜 때마다 천마의 신형은 쭉쭉 늘어났다.

그렇게 도착한 곳.

중촌.

그곳에 신검이 있었다.

"오늘 찾으시는 손님이 많으시군요. 어서 오십시오. 스승님!"

이미 천마의 기세를 읽고 마중 나온 신검이 웃으며 천마를 반겼다.

하지만.

천마는 웃지 않았다.

오히려 천마의 두 눈은 그 어느 때보다 날카롭게 빛나고 있었다.

"누구냐. 넌!"

계속되는 꿈.

꿈속의 제자는 셋이었고, 항상 혈천신마는 그를 죽이고 신교를 불태웠다.

그리고 지금.

그의 제자는 넷이다.

혈천신마는 아직 세상에 그 존재조차 알려지지 않았다.

꿈속에서 보았다.

그를 베고 천마신교를 불태웠던 혈천신마의 얼굴은 꿈속에선 존재하지 않았던 넷째 제자였다.

"꿈속의 너는 혈천신마였다. 하지만 현실의 너는 혈천신마가 아니군."

꿈속이었지만 느꼈다.

혈천신마가 가진 기운이 무엇인지는. 반복되는 꿈은 영혼까지 각인되어 있다.

그런데 지금 눈앞에 혈천신마의 얼굴을 가진 막내 제자는 그 기운부터가 다르다.

"누구냐. 넌?"

천마는 거듭 되물었다.

천마의 기운이 하늘을 붉게 채웠다.

第十章

　어린 날.

　나락 속에 살던 야율한은 기연을 얻었다. 혼원살신공이다.
그 혼원살신공을 얻었던 곳이 바로 이곳 신강이다.

　혼원살신공은 나락 속에서 발버둥 치기 바빴던 야율한에게
날개를 달아 주었다.

　야율한은 비상했다. 중원을 발아래 놓았다. 무엇도 그를
붙잡지 못했다. 그렇게 혈천신마가 되었다.

　그곳은.

　야율한에게는. 아니, 야율한의 영혼을 지닌 이현에게는 마
음의 고향과 같은 곳이다.

모든 것은 그곳에서 시작했으니까.

지친 마음을 달래기에는 이곳보다 좋은 곳은 없었다.

오래된 기억을 더듬어 찾아왔다. 워낙 오래된 기억이라 몇 번 헛걸음하긴 했으나 동녘이 터올 때쯤 기어이 찾아내는 데 성공했다.

그때는 늑대 무리에서 도망치다 우연히 지하 공간으로 빠졌었다. 정신이 있을 리도 없었고, 아직 그런 것을 파악할 능력이 되지도 않았다.

하지만 지금은 다르다.

저벅. 저벅.

혼원살신공이 잠든 지하 공간으로 들어선 이현은 느끼고 있었다.

"휘유! 지독하네."

단순한 지하 공간이 아니다.

지하에 새워진 거대한 신전이다. 아니, 사당이나 절이라고 해야 하나.

어찌 되었든 신을 모시는 곳이다.

양각된 아수라와 제석천. 그리고 아수라가 뽑아든 제석천의 붉은 심장. 혼원살신공의 원정.

그 앞에 자리 잡은 대리석 재질의 제단을 보면서 확신했다.

하지만 그것이 지독할 리 없다.

제아무리 양각된 아수라와 제석천이 기운생동해 실제로 살아 있는 것 같다고 해도 마찬가지다.

지독한 건 아수라가 뽑아 들어 삼키려 하고 있는 제석천의 심장이다.

거칠고 광폭한 기운이 가득 채우고 있다.

숨 쉬는 것조차 버거운 포식자의 기운이다.

예전에는 어떻게 이걸 못 느꼈나 싶을 지경으로 꽉 찬 기운에 압살당할 것 같다.

태극무해심공의 기운이 아니었다면 어쩌면 정말 압살당할지도 몰랐다.

원정이 내뿜는 혼원살신기가 강하면 강할수록.

이현의 아쉬움은 짙어졌다.

야율한이었을 때는 그의 것이었던 기운이다.

혼원살신기도, 혼원살신기의 집합체인 원정도.

"이럴 줄 알았다면 양의신공이라도 미리 익혀 놓는 건데."

마음을 둘로 나누어 서로 다른 성질의 기운을 동시에 품고, 서로 다른 성질의 무공을 동시에 펼쳐낼 수 있다는 무당의 절세신공.

그 양의 신공만 있다면 눈앞의 혼원살신기를 삼킬 수 있을지도 몰랐다.

하지만 애석하게도 이현은 양의신공을 익히지 않았다.

설마 혼원살신기의 원정이 눈앞에 떡 하니 버티고 있으리라고는 상상도 하지 못했었으니까.

"쩝!"

아쉬운 마음에 그저 입맛만 다실 뿐이다.

원정도 아닌 그저 조그마한 혼원살신기 하나 때문에 태극무해심공이 들고 일어난 것을 생각하면 양의심공 없이는 지금은 감히 엄두도 내지 못할 것이었으니까.

아쉬운 마음 때문이었을까.

이현의 손끝이 제석천의 심장을 상징하는 붉은 보석을 쓰다듬었다.

혼원살신기가 집약되어 있는, 호원살신공이 잠들어 있는 원정이다.

"킥!"

이현은 기억해야 했다.

소청단 하나 잘못 핥았다가 어떤 개고생을 해야 했었는지.

제석천의 심장을 쓰다듬던 이현의 입에서 신음이 터져 나왔다.

제석천의 심장에서 혼원살신기가 흘러나와 맞닿은 손끝을 타고 내부로 들어왔다.

오랜 세월 주인을 기다린 원정이다. 그런 원정에 맞닿은 이현은 그의 주인이 되기에 모자람이 없다.

사지육신 멀쩡하고 터를 잡을 단전이 있다는 것만 해도 감지덕지한 셈이다.

물론, 그 단전이란 터전 안에 태극무해심공이라는 원래의 주인이 떡 하니 버티고 있었지만, 그런 건 원정에게는 아무런 문제도 되지 않았다.

혼원살신공과 혼원살신기.

그들은 포식자다. 절대적인 강자이며 점령자다.

그런 절대강자의 포식자가 자신이 점찍은 단전에 먼저 자리 잡고 있는 원래의 주인 따위를 신경 쓸 리 없다.

빼앗으면 그만이니까.

짓밟고 억누르고 내쫓아 버리면. 그것도 아니면 아예 소멸시켜 버리면 그만이다.

'얘가 왜 이렇게 적극적이야!'

원정은 스스로 영성을 가지고 있다.

그 의지가 고스란히 전해지자 이현은 적잖게 당황했다.

실제로도 전해진 의지가 착각이 아니라는 듯 손가락을 타고 파고드는 혼원살신기는 폭증했다. 처음에는 그저 바늘만큼 가는 것이었다면, 지금은 아주 대전의 기둥뿌리 정도다.

문제는.

'육시랄! 그래! 네가 가만히 있을 리 없다 싶었다.'

태극무해심공도 절대 만만한 놈이 아니라는 점이다.

대기를 이루기 전까지는 감히 조절하는 것조차 허락하지 않는 자존심 강한 놈이 태극무해심공이다. 하물며, 이미 한 번 혼원살신기와 맞서 싸워 이긴 전적까지 자랑하는 놈이다.

당연히 가만히 있을 리가 없다.

대 놓고 들고 일어났다.

원정이 영성을 지니고 있듯, 태극무해심공 또한 나름의 영성을 지니고 있다.

일전에 싸운 경험을 토대로 어떻게 몸 안으로 밀려드는 혼원살신공을 상대해야 할지 태극무해심공은 잘 알고 있었다.

원정은 그 끝을 알 수 없는 혼원살신공의 집약체.

원정은 단전을 차지하고 앉은 태극무해심공을 내쫓기 위해 끝없이 혼원살신기를 몸 안으로 쑤셔 넣었다.

태극무해심공은 이현의 몸 안의 터줏대감으로서 운기와 축기를 동시에 이루면서 덩치를 불리며 밀려드는 혼원살신공에 맞섰다.

극대화된 두 기운이 이현의 몸 안에서 부딪치다.

부딪치는 두 기운의 양은 빠른 속도로 증가한다.

한창 이맘때의 야율한보다 내공이 부족해 불만이었던 이현이지만, 이번만큼은 기뻐할 수가 없었다.

으득!

악 깨문 악력에 이가 깨져 나갔다.

고통스럽다. 금방이라도 비명을 내지르고 싶지만 그럴 수는 없다.

그랬다가는 폐인이 되어 버린다. 아니, 십중팔구 죽는다.

그러니 이를 앙다물고 참아야 한다.

'제기랄! 이게 또 웬 지랄이야!'

어쩌 이 상황이 익숙했다.

갖은 주화입마 끝에 겨우겨우 자리 잡은 혼원살신공이 소청단에 자극받아 날뛰기 시작한 태극무해심공과 싸우던 참회동에서의 일전과 너무나 흡사한 상황이다.

그보다 규모가 커진 확장형이다.

그 사이 몸 안의 기운은 가득 찼다. 더는 어디 쑤셔 넣을 곳도 없이, 키워 채울 곳도 없이 빈틈 하나 없이 완벽하게 차 버렸다.

그런데도 이 자기주장 강한 혼원살신공과 태극무해심공은 싸움을 멈출 기미가 보이지 않는다.

처첩(妻妾)의 등쌀에 지아비만 죽어나는 꼴이다.

'이대로 있다간 내 몸이 먼저 터진다.'

어느 한쪽도 양보 없이 기운을 불려 놓기만 하니 몸이 버티질 못한다. 벌써 으드득거리며 골격이 어긋나는 소리가 들리고 허파는 가득 찬 기운 때문에 숨을 못 들이켤 정도다.

이러다 정말 터진다.

갖은 고생과 수난을 버티며 여기까지 왔는데 이 사단 한 번에 뺑 터져 수십수만 갈래로 흩어지는 육편이 되는 건 사양이다.

'기운을 방출해야 한다.'

척!

검을 들었다.

스렁!

거도도 빼 들었다.

그리고 무당파의 검술을 펼치고, 혈천신마의 도법을 펼쳤다.

몸 안에 가득 찬 내공을 방출시키기 위해서는 무공을 펼치는 것보다 간단한 대응법은 없다.

그리고.

대개 간단한 것들은 막상 실행하려면 몹시 힘이 든다.

발출한 내공이 어디로 가겠는가.

좁은 지하 공간으로밖에 더 가겠는가.

이 성격 더러운 두 기운은 밖으로 분출된 뒤에도 대기에 남아 서로 치고받고 싸운다.

그 정도면 다행인 것을 아주 세간을 다 박살 낼 모양이다.

투둑! 툭!

검과 도에 실금이 가기 시작한다.

막대한 공력이 실리니 쇠붙이도 버티지를 못하는 모양이다.

그나마 검은 낫다.

급조한 재료로 어설픈 대장장이가 며칠 밤샘으로 뚝딱 만들어 놓은 도는 아무래도 그 질이 떨어질 수밖에 없었다.

그 때문인지 부서지는 속도도 훨씬 빨랐다.

화륵!

입고 있는 옷도 타올랐다. 처음엔 쭉쭉 실밥이 터지더니 마침내 몰아치는 공력을 이기지 못하고 불타오르는 것이다.

그럼에도 혼원살신공과 태극무해의 싸움은 끝나지 않는다.

오장육부가 터지기 시작하고, 골격에 실금이 거미줄처럼 나기 시작했다.

화륵!

그리고 살갗이 타오르기 시작했다.

타오르는 옷에서부터 옮겨붙은 것이 아니다. 살갗이 타오르기 시작한 것은 손끝이었으니까. 손끝에서부터 시작된 불길이 이내 온몸을 뒤덮었다.

지친 마음을 달래기 위해 마음의 고향을 찾아왔다가 이런 봉변을 당한 이현의 마음이 좋을 리 없었다.

'염병 육갑할! 이것들은 만나기만 하면 싸워! 만나기만 하면!'

어째 부딪치기만 하면 싸움질만 하는 두 기운을 향한 분노가 치솟는다.

그럼에도 펼쳐 내는 무공을 멈출 수는 없다.

멈췄다가는 정말 수천수만 갈래로 터져 나가 갈가리 찢긴 육편이 되리라는 것을 알고 있기 때문이다.

'야이 개 같은 것들아! 너희는 평화! 응? 조화! 응? 상생! 뭐, 이딴 것도 모르냐? 엉?'

세상을 피로 물들인 혈천신마가.

오로지 무력과 학살로 무림을 손안에 넣었던 혈천신마가.

평화와 조화. 그리고 상생을 부르짖으며 칼춤을 춰야 했다.

살아남기 위해서.

'이런 쌍!'

이래서 어른들이 자식들에게 아무거나 덥석덥석 만지고 그러지 말라고 하는가 싶다.

＊　　　＊　　　＊

이현이 마음의 고향에서 때아닌 대 전투를 벌인지 사흘.

무리에서 버림받은 새끼 늑대 하나가 그 위를 어슬렁거렸다.

땅바닥에 코를 박고 킁킁거린다.

혹여나 먹을 것이 없나 찾는 것이다.

요사일 사이에 그 땅 밑에서 소란이 일어나고 있으니 아직 야생에 물들지 않은 어린 동물 특유의 호기심이 생긴 것일 수도 있다.

그런데

퍽!

깨갱!

갑자기 땅바닥에서 치솟은 손이 새끼 늑대를 움켜쥐었다.

아니, 손이 아니다.

뼈다.

죽은 자의 그것과 같이 겨우 뼈만 남은 손이 무슨 힘이 있는지 단단히 새끼 늑대를 움켜쥔 것이다.

손끝에서 흘러나온 기세에 새끼 늑대는 꼬리를 말고 잔뜩 몸을 움츠렸다.

그사이.

땅 밑에서 죽은 자가 기어나왔다.

핏기 묻은 붉은 뼛조각밖에 남지 않았으니 죽은 자라고 보는 것이 맞았다. 망자는 한 손에는 검을 쥐고 한 손에는 새끼 늑대를 쥐고 걸었다.

비틀! 비틀!

중심을 잡지 못하고 이리저리 비틀거린다. 이따금 꼬꾸라져 넘어지기도 했다. 그럼에도 기어이 손에 쥔 검과 새끼 늑대를 놓지 않는다.

그리고 변화가 일어나고 있었다.

붉은 뼛조각 위로 혈관이 붙는다. 그리고 근육이 붙었다. 살점이 붙고, 머리 위로 길게 털이 나기 시작했다.

"쌍! 죽을 뻔했네."

망자에서 사람으로 변신한 그는 문득 걸음을 멈추고 중얼 거렸다.

상당히 신경질적인 음성이다.

그는 이현이다.

삼 일 간의 혼원살신공과 태극무해심공의 혈투로 넝마가 되었던 이현이 다시 사람의 모습을 되찾은 것이다.

"내가 다시는 여길 오나 봐라! 마음의 고향은 개뿔!"

지친 마음을 달래려 마음의 고향을 찾아왔다가 몸과 마음 에 상처만 받았다.

다시는 이쪽으로는 눈도 돌리기 싫다.

"그런데 엄청 허전하네."

휘잉 불어오는 초원의 바람에 아랫도리가 시원하다.

바지는 물론이고 속옷마저 타 버린 상황이니 초원의 바람 이 참으로 섬세하게도 느껴졌다.

원시의 상태로 돌아가 자연을 느끼는 기분이 그리 좋지만 은 않았다.

문득.

이현의 고개가 돌아갔다.

탈출하기 전 힘겹게 내민 손에 잡힌 새끼 늑대를 향해 시선이 머물렀다.

끼잉! 끼잉!

몹시도 심기가 불편한 이현의 시선에 새끼 늑대는 앓는 소리를 내며 눈을 내 깔았다.

"쩝! 이거 껍데기 벗겨 봐야 어디 가릴 수도 없겠는데?"

다 큰 늑대면 어찌어찌 급조해서 아랫도리라도 만들겠는데, 아직 영글지도 못한 새끼 늑대다.

가죽 벗겨서 고생해도 사내의 가장 소중한 신체 일부를 가리는 것도 아슬아슬하다.

"아니, 얼굴을 가려야 하나?"

돌연 그런 생각이 들었다.

가장 소중한 물건 가려 봐야 전라에서 반 전라 정도다. 그것도 바람만 조금 불면 곧 전라가 되어 버린다.

그럴 바에는 차라리 얼굴을 가리는 편이 낫지 않을까 싶다.

"간저가 이런 심정이었겠군."

등도촌의 밤을 지배하는 간저와의 첫 만남 때도 비슷한 상황이 있었다.

겁도 없이 무당파를 칭송하는 놈이 짜증 나서 옷까지 뺏고

등도촌을 내달리게 했었다.

그때 간저도 이런 고민을 했을 것이다.

"위냐? 아니면 아래냐!"

의외로 결론이 쉽게 나지 않는 난제다.

그리고 이현은 머리 아픈 건 질색인 사람이었다.

"아! 몰라, 가다가 뭐 어떻게 되겠지, 뭐."

가다가 민가에서 옷을 빼앗든, 지나가던 상단에게 옷을 빼앗든 하다못해 마주치는 짐승이 있으면 그놈 가죽 벗기면 그만이다.

쉽게 생각하면 쉽다.

"젠장! 지친다 지쳐."

죽을 고비를 넘기고 이미 반 시체나 다름없는 상태에서 살아 돌아왔다.

그것도 마음의 고향에서.

몸과 마음은 이미 지칠 대로 지쳐 있었다.

"그래도."

그나마 위안이 되는 건.

혼원살신공과 태극무해심공의 싸움에서의 승자는.

"내가 이겼다."

바로 이현 자신이라는 것뿐이다.

이현은 터덜터덜 걸음을 옮겼다.

　　　　　　*　　　　*　　　　*

　지나가던 민가에서 몰래 옷을 훔쳤다. 어떤 놈의 옷인지 몰
라도 바지가 반바지가 되고, 윗도리는 들어가지도 않아 내버
렸지만 어쨌든 가장 소중한 것은 확실히 가리는 데에 성공했
다.

　이현은 해가 붉게 저물어 가는 오후 늦게서야 혈란에 도착
했다.

　저 멀리 피처럼 붉게 물든 혈란의 절벽이 보인다.

　마지막 마음의 안식처에마저 배신당한 이현의 마음은 여전
히 헛헛했다.

　죽을 고비를 넘기고 나니.

　장성한 자식의 끼니를 걱정하던 그녀의 눈빛이 더욱더 선명
하게 떠오른다.

　"쳇!"

　쓰라렸다.

　더럽게 쓰라리고 더럽게 아팠다.

　텅 빈 것 같은 채울 수 없는 허전함에 배 속이 뻥 뚫린 것
같다.

　"배고프다."

배가 고픈가 보다.

"이래서 사람은 든든하게 먹어야 하는 거야."

배가 허하니 별 같지도 않은 궁상이나 떨고 있는 것이다.

이현은 그렇게 생각했다.

그렇게 막 이현이 혈란에 들어설 때였다.

"사질아!"

청화가 달려와 안겼다.

눈물이 글썽글썽한 청화는 이현을 노려보며 타박했다.

"이 바보야! 왜 이렇게 늦었어! 금방 온다더니! 길이라도 잃은 거야?"

"……아. 어. 비슷해."

그런 청화의 반응이 어색하다.

"오래 기다렸나?"

갑자기 궁금해졌다.

그런데 대답은 다른 곳에서 들려왔다.

"그럼? 짧게 기다렸을까? 네놈이 오든 말든 내가 먼저 무당파로 돌아가자는데 저 아이나 네 스승이란 놈이나 어찌나 기다리자고 생떼를 부려 대는지! 네놈이 하루만 더 늦었어도 저 아이랑 네 스승 놈은 내 손에 죽었을 거다!"

혜광이었다.

이현이 자리를 비운 사이 합류한 듯 혜광은 한 손에 술병을 들고 쩌렁쩌렁 소리를 질러 댔다.

"허허허."

그 옆에 태극검제 청수진인이 사람 좋은 얼굴로 웃고 있다.

"이현아. 식사는 했느냐?"

그리고 식사는 했느냐고 묻는다.

"……아니요. 아직……."

이상한 일이다.

식사는 했느냐는 말이 뭐가 대수라고 대답하는 데 이처럼 힘이 드는지 모르겠다.

'죽을 고비 넘기고 오니까 내 정신도 정상은 아닌가 보군.'

죽을 고비 넘기고 심신이 지치니까 제정신이 아닌 듯싶다.

"이런! 어서 들어오거라. 어서 식사부터 하자구나."

걱정스럽다는 듯 청수진인이 손짓까지 하며 불러 댄다.

"예."

이현은 무의식적으로 고개를 끄덕였다.

"헤헷! 이 사고께서 기다렸다고 하니 감동했지?"

걸음을 옮기는데 다리에 들러붙은 청화가 물었다.

"개뿔!"

쓸데없는 소리에 이 이상 대답할 가치도 없는 물음이었다.

그러거나 말거나.

이 철모르는 쥐똥만 한 꼬맹이는 아주 자기 세계에 빠져 계셨다.

"헤헤! 괜찮아! 내가 기다리는 건 아주 잘하거든! 그러니까 감동할 필요 없어! 내가 앞으로도 너 어디 가면 올 때까지 기다려 줄 테니까!"

"그래서 돌아오기 싫은 거다!"

찰거머리처럼 들러붙는 쥐똥을 누가 좋아할까.

청화가 귀찮아서라도 다음엔 다시 돌아오고 싶은 마음이 안 생길 듯싶다.

"그런데 그게 뭐야?"

그러거나 말거나 청화는 이현을 향해 눈을 반짝였다. 아니, 이현을 향해 반짝이는 눈이 아니라 이현의 손에 들린 것을 향해 반짝이는 것이다.

끼잉!

이현의 한쪽 손에는 별생각 없이 잡았던 새끼 늑대가 붙잡혀 있었다.

'그리고 보니 그 사리 나오게 생긴 여우도 좋아했었지.'

옥분이 구해 온 서장 여우도 귀엽다고 애지중지하던 청화의 모습이 떠올랐다.

'뭐, 어차피 쓸 데도 없으니까.'

가죽 벗길 필요도 없어졌고, 잡아먹어 봐야 고기도 몇 근 안 나온다.

이현은 청화를 향해 새끼 늑대를 내밀었다.

"오다 주웠다."

정확히 말하자면 속옷으로 만들겠다고 잡은 것이지만, 영 거짓말은 아니었다.

*   *   *

이현은 무당파로 돌아왔다.

의혈단은 당연히 이현과 함께하겠다고 했고, 적조가 이끄는 마적들도 뜻밖에 이현과 함께 무당파로 가겠다고 했다.

천산에 틀어박혀 있기만 했던 마교의 움직임이 심상치 않다는 것이 옥분이 이야기한 이유다.

뭐, 이현으로서는 상관없는 일이다.

태극검제 청수진인도 적극 찬성했다. 이 많은 악인들을 신강에 풀어놓으면 고통받는 건 힘없는 민초들이라는 것이 청수진인이 찬성한 이유다.

이현은 이러나저러나 상관없었다.

혼원살신공과 태극무해심공의 싸움으로 몸이 반 시체에서 되살아난 상황이다.

힘 조절도 안 되고, 모든 것이 어색했다.

만사가 귀찮은데 의혈단이니 적조니 하는 것들이 따라오든 말든 신경 쓰고 싶지 않았다.

아니, 뭐 데리고 다니면 혜광 뒷수발할 걱정은 없으니 차라리 낫겠다 싶기도 했다.

문제는.

"무당파에 도착하면 저 아저씨들 어떻게 해?"

청화의 물음처럼 무당파에 도착한 이후 적조와 의혈단을 어떻게 처리할 것인가다.

이천이 넘는 숫자다.

그 많은 숫자를 무당파가 감당할 수는 없다. 이미 무당파 내에 상주하고 있는 문도들의 숫자가 적은 것도 아니었고, 외인을 문 내에 상주시킨다는 것도 걱정이었다.

그리고 그 문제는.

"그건 내가 알아서 할게."

이현이 해결하기로 했다.

방법이 있었다.

＊　　　　＊　　　　＊

이현과 의혈단. 그리고 적조가 무당으로 복귀한 날.

이현은 간저를 찾아갔다.

"요즘 어때?"

갑작스러운 이현의 방문도 이제는 익숙한 간저다.

간저는 놀라지도 않고 뒷머리를 긁적거렸다.

"그저 근근이 살고 있습죠. 뭐, 먹고 살려면 어쩌겠습니까?"

"일손은? 부족하지 않고?"

"왜 안 부족하겠습니까? 안 그래도 이번에 영역 확장을 하려고 하는데…… 아무래도 그렇게 되면 이쪽 관리가 부실해져서……."

"그래?"

간저의 대답에 이현의 눈빛이 반짝거렸다.

이현이 원하던 대답이다.

"그럼 애들 몇몇 소개해 주지. 관제묘 쪽에 애들 모아났으니까 데려가서 써. 지낼 곳 마련해 주고 먹을 것만 해결해 주면 될 거야."

"아이고! 감사합니다!"

간저가 꾸벅 고개를 숙였다.

간저는 자신이 무슨 짓을 저질렀는지도 모르고, 이현의 마음 씀씀이에 그저 감사했다.

"아! 그리고 이건 술값으로 쓰시라고……."

그것도 모자라 술값이란 명목으로 뒷돈까지 찔러 주었다.

그리고 일다경 뒤.

"이, 이게 뭐냐?"

이현이 일러 준 관제묘에 도착한 간저의 이마에는 식은땀이 흘렀다.

"그, 글쎄요?"

대두도 지금의 상황이 이해되지 않기는 마찬가지다.

이현이 일러 준 관제묘.

그 넓지도 않은 것에 험악하고 무서운 인상과 덩치를 자랑하는 사내 이천여 명이 득실거리고 있었다.

*　　　*　　　*

자고로 사내들로 구성된 조직에서는 위계질서 확립이야말로 가장 중요한 일이다.

더욱이 간저와 같은 암흑가에서는!

이현이 소개해 준다는 일손을 맞이하는 간저는 밑에 수하들까지 모조리 이끌고 나갔다.

거의 일흔.

간저패 전원이라 해도 좋을 정도다.

초장에 기를 꺾고 기선을 잡을 생각이었다.

그런데.

관제묘에 모여 있는 사내들의 숫자는 이천을 넘는다.

기를 꺾은 건 관제묘의 득실거리는 사내들이고, 기선이 잡힌 건 보부도 당당하게 신입 면접 나왔던 간저패다.

더구나 그중 몇몇은 얼굴이 낯익다.

"저…… 실례지만 존성대명이?"

"정만이오."

"혹 전직이?"

"산적이오."

"진짜 그럴 리는 없겠지만, 혹시 그 녹림십팔채의 망룡채는…… 에이! 아니겠지요?"

"맞소. 망룡채. 거기 채주였소."

"헙!"

녹림십팔채의 일원.

암흑가 나부랭이가 건드릴 사람은 아니다.

"그럼 혹시 그쪽은 흑점의……."

"지부장이었지요."

흑점의 지부장도 있다. 암흑가의 양대산맥인 하오문과 흑점. 그것도 지부장씩이나 했던 거물이라면 고작 등도촌에 기반을 두고 있는 간저로서는 감히 겸상도 꿈꾸지 못할 상대다.

또 이름도 얼굴도 모르는데 왠지 위험해 보이는 족속도 있었다.

"저…… 실례지만 존성대명이?"

"옥…… 옥분이라 합니다."

"저, 전직은 어떻게 되시는지 여쭈어도……."

"신강에서 마적단을 이끌었었지요. 적조라고…… 아! 그리고 여기 이 네 분도 마적단을 이끌던 분이십니다. 나름 신강에선 오대 마적단이라 해서 알아주시던 분이십니다."

"저, 적조! 오, 오대 마적단!"

신강 오대 마적단.

이미 중원에는 마교의 일 차 토벌대를 전멸시킨 주축으로 널리 알려진 이들이다.

"그럼 잘 부탁드리겠습니다."

옥분이 웃으며 고개를 숙였다.

"무, 물론입죠! 아, 알아서 받들어 모시겠습니다!"

어느 하나 만만한 인간이 없다. 한 명만 잘못 건드려도 간저패가 박살 날 지경이다.

간저는 식은땀을 흘렸다. 마음 같아서는 채용 불가 판정을 내리고 싶지만, 이제는 감히 면접 탈락이라 전할 수 없는 이천여 명의 인간들을 어떻게 해야 할지 고민해야 했다.

배보다 배꼽이 더 크다.

'이, 일단 모시자!'

일단은 밉보여서 간저패 쫑나는 꼴은 면해야 했다.

이튿날.

간저는 직접 돌아다니며 등도촌에 장원 하나를 샀다. 등도촌 외각에 위치한 곳이지만 크기는 제법 넓어 개보수를 거치면 이천 명의 상전 같은 신입을 모시는 데에는 부족함이 없을 것이란 판단이었다.

장원을 구입하고 개보수하는 데 들어간 돈도 한두 푼이 아니다.

더욱이 이들 밥값 술값 대려면 앞으로 들어갈 돈도 그보다 많으면 많았지 적지는 않다.

간저는 구멍 난 장부를 바라보며 피눈물을 흘렸다.

"이현 이 개 같은 자식!"

간저의 입장에서는.

아무리 생각해도 이현이 나쁜 놈이었다.

어쨌든.

장원을 지었으니 현판은 걸어야 했다.

의혈적조가(義血赤鳥家).

의혈단과 적조의 자존심 싸움 끝에 합의한 현판이었다.

第十一章

간저야 피눈물을 흘리든 말든.

중원은 긴장했다.

마교의 이 차 마적 토벌대마저 전멸했다. 심지어 이번 이 차 토벌대를 전멸시킨 주인공이 명문정파인 무당파의 제자다.

무당잠룡 이현.

이제 중원에서 그 이름과 별호를 모르는 사람은 없다.

누구도 감히 엄두도 내지 못한 일을 해냈다.

이 정도 공적과 명성이라면 가히 대 문파의 장로와 같은 취급을 해 주어도 모자랄 지경이다.

문제는.

그 때문에 정마대전이 벌어질지도 모른다는 점이다.

실제로도 줄곧 천산에 움츠리고 있던 마교의 움직임이 심상치가 않았다.

천마가 일어섰다.

"가지."

그의 목소리는 작고 담담했다.

"충!"

하지만 그의 앞에 도열한 이만(二萬)이란 숫자의 마도인의 외침은 절대 작지도 담담하지도 않았다.

그들이 내뿜는 마기에 대기가 출렁거린다.

펄럭!

천마신교를 상징하는 깃발이 곳곳에 펄럭인다.

마교가 중원을 향해 진격을 시작했다.

          *   *   *

이만 명에 달하는 마도인이 옥문관에 집결했다. 지금 이 순간에도 천마신교의 근거지인 천산에서는 마인들이 출병하고 있었다.

시간이 지날수록 마교의 무사들의 숫자는 기하급수적으로 늘어날 것이다.

제아무리 천산이 깊고 넓다고 하지만 어떻게 이렇게 많은 숫자의 마도인들을 품을 수 있었는지 의문이 들 정도다.

무림맹도 가만히 있지는 않았다.

곧장 영웅첩을 돌리고 맹의 무인들을 파병했다. 하지만 단일 단체인 천마신교와, 정도문파의 연합체인 무림맹이 같을 수는 없다.

마교와 대치한 무림맹 측의 숫자는 고작 일만이 전부 다.

그마저도 닥치는 대로 쥐어짜서 급조해 동원한 것이니 개개인의 무력도 천마신교에 비할 바가 되지 못한다.

급한 대로 사파의 종주인 사도련에도 협조를 구해 보았지만, 현재 양측 군사들 간의 지루한 협상만 이어질 뿐 이렇다 할 지원은 아직 이루어지지 않고 있었다.

최대한 시간을 끌어야 한다.

명문대파의 무사들이 채비를 갖추고 합류할 때까지 마교와 충돌이 일어나서는 안 된다.

그것이 무림맹의 입장이었고, 무림맹주 철혈권왕 천호건의 입장이었다.

약관의 나이에 무림에 출두해 백인비무행을 전승으로 끝낸 뒤 사파의 악인들을 쓰러트리며, 마흔의 나이에 무림맹주의 자리에 오른 이후 지금까지.

천호건은 지금 일생일대의 위기를 맞이하고 있었다.

어느 문파에도 속하지 않았다는 정치적 이점 때문에 맹주에 오르긴 했지만, 그는 맹주다.

정도무림의 수장이다.

이번 마교의 발호를 막지 못하면 그의 자리는 위태로울 수밖에 없다. 아니, 정도 문파 자체가 위태롭다.

살아남기조차 기대하기 어려운 상황이다.

그렇기에 그는 어떻게 해서든 언제 터질지 모르는 이 대치를 계속해서 유지해야 했다.

"맹주님! 오셨습니까?"

내맹의 금검각주의 인사에도 천호건의 표정이 좋지 못한 것도 그 때문이다.

천호건은 무림맹과 마교의 대치선 가장 선두로 나아가며 물었다.

"어젯밤에도 충원되었습니다. 이제 며칠만 지나면 마교의 숫자는 삼만에 이를 것으로 추산됩니다."

"흠……!"

금검각주의 대답에 천호건의 입에선 신음이 흘러나왔다.

'무당의 제자 때문에 정도무림이 위태로울 지경이라니.'

칭찬해 마땅할 일이지만, 칭찬할 수 없는 일이다.

그로 인해 마교가 발호했으니까.

그렇다고 벌을 주기에는 마땅한 명분이 없다. 옳은 일을 하였는데 벌을 준다는 것은 명분을 중시하는 정도문파에서는 있을 수 없는 일이다.

적어도 표면적으로는.

그래서 이러지도 저러지도 못한 채 이렇게 마교와 대치하고 있는 것이 아닌가.

"일단 좀 둘러보겠소."

천호건은 금검각주를 뒤로하고 직접 두 눈으로 상황을 살폈다.

고작 오십 보.

그 거리를 두고 마교와 무림맹이 대치하고 있다.

'겉으로 보이는 숫자만 해도 극명한 열세로구나!'

숫자만 해도 열세다.

하물며 그 기세의 차이는 명백하다.

선두에 맹에서 고르고 고른 무사들을 편성했지만, 그것마저도 마교에 비할 바가 아니다.

오랜만에 웅지를 펼친 마교의 기세는 하늘에 닿을 정도다. 실제로 그들이 내뿜는 기세가 모여 대기가 뒤틀린다. 마치 봄날 아지랑이가 피어오르는 것 같은 착각이 든다.

이대로는 같은 숫자가 붙는다 해도.

'필패다!'

필패다.

문제는 점점 마교 측의 기세가 거칠어지고 있다는 점이다.

거침없이 적의를 내뿜고 마기를 뿜어낸다.

곧 전투가 임박했을 피부로 느껴지는 순간이다.

꽉!

저도 모르게 주먹을 악 쥐게 될 정도다.

설마 일이 이렇게까지 흘러갈 것이라고는 상상도 못한 일이었다.

그때였다.

둥! 둥! 둥!

마교 측 진형에서 북소리가 울려 퍼졌다.

쿵! 쿵! 쿵!

그 소리에 맞춰 이만이 넘는 마도인들이 발을 구른다.

천지가 요동치는 듯하다.

금방이라도 마교의 마인들이 달려들 것만 같다.

그때였다.

"그만."

북소리도, 발 구름 소리도 가르는 조용한 목소리.

조용한 목소리는 모든 것을 가르고 천호건의 귓가에도 선명히 닿았다.

그에게만은 아닌 듯했다.

곧 벌어진 전투에 바짝 긴장을 끌어올리던 무림맹의 무사들도 서로를 번갈아 보며 목소리의 주인을 찾고 있었으니까.

그리고.

길이 열렸다.

마교 측에서 열린 길 사이로 누군가 걸어 나왔다.

이만이 넘는 마교도들이 내뿜었던 그 살벌한 마기조차 단 한 사람에게 짓눌린다.

그것도 고작 걸음을 옮기는 것만으로.

그렇게 마교 측 진형을 가로질러 선두로 나선 거인.

"오랜만이군."

천마였다.

*   *   *

급히 자리가 만들어졌다.

양측의 중앙에 급조해서 천막이 만들어지고, 마교와 무림맹의 무사들은 약속이라도 한 듯 이백 보 밖으로 물러섰다.

이제 양측 도합 사백 보 사이로 허락된 사람은 단 두 사람.

누구 하나라도 그 안으로 들어서면 전투는 시작되어 버린다. 허락된 단 두 사람은 천마와 천호건이다.

"오랜만이구나."

의자에 앉은 천마가 그를 바라보며 말했다. 무심한 두 눈엔 아무런 감정의 편린도 들어 있지 않았다.

그것이 그를 더욱 불안하게 만든다.

먼저 대화를 제의한 것은 천호건이었건만, 정작 천마가 이 자리의 주인인 듯했다.

사실이다. 이 자리의 주인은 천마다.

힘으로도 세력으로도 이 자리의 주인은 천마일 수밖에 없다. 천마는 여전히 굳어 있는 천호건을 보며 다시 말했다.

"앉거라. 뭐라고 불러 줘야 하지? 맹주? 철혈권왕? 아니면……."

낮아지는 목소리.

천호건은 곧장 무릎을 꿇었다. 어차피 이 자리에는 그와 천마 말고는 아무도 없었다. 이미 펼쳐진 기막으로 두 사람의 대화를 엿들을 사람도 없으니 망설일 이유도, 자존심 세울 이유도 없다.

아니, 그는 약자였다.

"대제자 천호건! 신교의 위대한 주인이신 스승님을 뵙습니다!"

쿵!

세상이 떠나가라 외치며 땅에 머리를 박았다. 이마가 찢어졌는지 천호건의 머리에서는 피가 흘러나왔다.

"스승이라…… 재밌군!"

천마는 낮게 냉소했다.

그러나 상관없다. 지금 이 순간 천호건은 자신이 살아남는 방법이 무엇인지 확실히 알고 있었다.

"스승님께서 내리신 천명을 받들어 지금껏 무림맹을 장악해 왔습니다! 명령만 내리십시오! 언제든 정도무림을. 아니, 중원무림을 스승님께 받칠 준비가 되었습니다!"

천마의 대제자 천호건.

천마가 지금의 천마 자리에 오르기 훨씬 이전부터 대계는 시작되었다.

그 대계의 시작이 천호건이다.

천마는 신교에 머무른 채 그 제자들을 정파와 사파의 주인으로 세운다.

이후 천마가 일어서면 제자들은 그들이 장악한 정사의 무림을 신교에 바친다.

아니, 무림만이 아니다.

천마는 무림만이 아닌 천하를 원했다.

그리고 그가 대계를 위해 들이고 키웠던 제자는 눈앞의 천호건과 사도련주 이사벽 외에도 하나가 더 있다. 무림만을 원했다면 제자는 대계를 위한 제자는 둘이면 충분했다.

천마의 셋째 제자는 천마가 얻고자 했던 천하의 마지막 조각을 들고 있었다.

셋째 제자가 자리 잡은 곳은……

"마음에도 없는 소리를 잘도 하는군."

다 소용없는 일이었다.

결국, 대계는 실패했다. 대계의 실패로 천마는 무료한 생활을 보냈고, 그 모습에 실망한 마뇌는 새로운 주인을 찾아 반역을 획책했다.

천마는 천호진을 무림맹주로 만들어 주었지만, 천호건은 끝내 천마의 뜻을 따르지 않았으니까.

그건 나머지 세 제자 또한 마찬가지다.

"어찌 스승님께 거짓을 고하겠습니까. 저는 그저……"

"그만!"

천호건이 천마의 마음을 돌리려 했지만, 천마는 그것을 멈춰 세웠다.

목숨이 걸린 일이다.

멈추라고 멈출 리 없다. 그럼에도 천호건은 멈춰야만 했다.

'어, 어느새……!'

예리하게 선 기운이 천호건의 목젖에 와 닿아 있었다. 천마의 뜻을 거스르고 말을 계속한다면 그건 곧장 천호건의 숨통을 끊어 놓았으리라.

아무런 전조도 없이, 그렇기에 전혀 느끼지 못한 사이에 벌어진 일이다.

'스승님께서는 더 성장하셨단 말인가!'

심검(心劍). 기검(氣劍). 무검(無劍).

무엇인지는 모른다. 어찌 되었든 천하십대고수들 사이에서
도 전설로 치부되는 경지다.

천호건이 떠나올 때 알고 있던 천마의 경지와는 너무도 다
르다.

"만나고 싶은 놈이 있다."

서로의 격차를 보여 주고, 압도적인 신교의 전력까지 갖추
었으면서 천마의 요구는 너무나 간단했다.

만나고 싶은 사람이 있다.

"하명하십시오."

선택의 여지가 없는 천호건은 그저 고개를 숙일 뿐이다.

"혈천신마. 아니, 무당잠룡. 이현이라 해야겠군."

천마가 만나길 원하는 사람.

무당잠룡 이현.

'역시!'

예상했던 범위였다.

위험한 일이다. 무림맹주가 정도문파의 제자를 팔아넘겼
다? 이 사실이 알려지는 순간 천호건의 목숨은 끝난 것이나
다름없다.

하지만 선택의 여지는 없다.

"명을 받들겠습니다!"

천호건은 눈을 감았다.

　　　　　*　　　　*　　　　*

정마대전이 벌어질 기세다.

무림이 시끄럽다. 당연히 무당파도 시끄럽다. 반면, 그 모든
일의 원흉인 이현은 평화로웠다. 눈총은 줘도 직접적으로 뭐
라고 하는 사람이 없으니 당연했다. 마교를 패퇴시킨 것이 혼
날 명분은 아니다. 적어도 정도문파에서는.

그리하여 이현은 청화와 소동들을 가르치며 평온한 나날을
보내고 있었다.

그 평온함 덕분일까. 순풍에 돛 단 듯 모든 것이 순조로웠
다. 간저패의 배보다 큰 배꼽이었던 의혈적조가의 이천 명은
의외로 간저의 말을 잘 들었다.

물론 순순히 듣는 것은 아니었지만, 간저와 대두는 적절히
이현의 이름을 팔며 그들을 움직이고 있었다. 또 그들 나름대
로 나름 밥값 겸 식후 운동 겸해서 돕는 듯한 인상이었지만
어쨌든 큰 문제는 없이 잘 굴러가고 있었다.

청화도 드디어 태극혜검을 수련하기 시작했다.

그 말도 안 되는 몸치를 태극혜검에 입문시키기까지는 그

야말로 인간 승리에 가까운 노력이 필요했다.

과장이 아니다.

청화의 자질을 아는 장로들 사이에서는 이현이 청화를 위해 만든 기초 검술 검혜를 비롯한 태극혜검 풀이본을 탐내고 있을 지경이었다.

소동들도 마찬가지다. 태극구공을 익히고 삼재검법과 태극권을 익혔다. 이제 몇 달 뒷면 스승을 찾거나 무당을 떠나야 하지만 걱정할 것은 없을 듯했다.

태극구공을 익혔다는 것만으로도 무당파 내에서 소동들의 경쟁력은 충분했다. 또, 나름의 자질도 인정받고 있었다.

넝마가 되었다가 회복된 몸도 이제 적응이 끝났다.

기운이 넘친다. 단전에 내공도 넘쳐난다.

이현의 자신감도 붙을 대로 붙었다. 자고로 죽을 고비를 넘기고 나면 어떤 식으로든 강해지기 마련이다.

원하는 방식은 아니었지만, 혼원살신공과 태극구공의 싸움은 기연이 되었다. 물론, 다시 겪을 생각은 눈곱만큼도 없다.

그래서 그날 밤.

이현은 혜광을 찾았다.

"끌끌끌! 도망만 가기 바쁘던 놈이 웬일로 제 발로 찾아왔느냐?"

평소와 다른 행동에 혜광이 웃으며 노려보았다.

이현은 당당했다.

태극검제 청수진인부터 꺾어야 함이 옳았지만, 솔직히 원한
은 혜광에게 더 많았다.

무엇보다 나름대로 자신이 있었다.

"어이! 영감! 우리 한판 뜨죠?"

넘치는 자신감만큼 껄렁거리는 태도로 혜광을 도발했다.

"끌끌끌! 신강에서 용이라도 잡아먹었나 싶더니, 인제 보니
겁대가리를 잡아드셨구나!"

물론, 성질 더러운 혜광이 버릇없는 이현의 도전을 마다할
리 없었다.

두 사람이 다시 붙었다.

*   *   *

거국적으로 혜광과 일대일 맞짱을 신청한 이튿날.

"아이고 죽겠다!"

이현은 술을 마셨다.

혜광과의 싸움에서 패배한 스스로를 위로하는 위로주였다.

"괴물 같은 노인네! 저승사자는 뭐 하나 몰라? 그 늙은이
안 잡아가고!"

깨졌다.

완벽하게.

충분히 이길 수 있으리라 자신하고 덤볐던 것인데, 그 자신이 무색해질 지경이었다.

"한 대도 못 때리다니!"

자신 있게 도전해서 한 대도 제대로 때린 것이 없다는 것은 충격이 컸다.

"에고고고고."

건들거리며 도전했다가 깨졌으니 성격 고약한 혜광이 곱게 끝냈을 리가 없다.

온몸 이곳저곳 멀쩡한 곳이 없다.

혜광이 개운한 표정으로 손을 털고 돌아섰을 때는 사람의 형태도 아니었다.

그 심한 상처를 입고도 이튿날인 오늘 고작 근육통 정도로 아물게 한 태극무해심공의 성장 결과물도 대단하긴 대단했다.

태극무해심공의 성취가 모자라서가 아니다.

이건 순전히 혜광이 사기적일 만큼 강한 탓이다.

그렇게 위로를 하고 있었다.

"제길! 술은 또 더럽게 써!"

그렇게 달던 술이 오늘따라 왜 이렇게 쓰게만 느껴지는지 모를 일이다.

툭!

막 술병을 내려놓던 이현이 움직임을 멈춘 것은 그로부터 일각이 지난 뒤였다.

"어쭈? 이건 정파가 글러 먹은 거야? 아니면 마교가 개념을 상실한 거야?"

마기가 느껴진다.

숫자가 적지 않다. 마기라는 것이 기운 자체가 숨기기 어려운 성질을 가지고 있다.

사기는 종잡을 수 없고, 정기가 안으로 정돈된다면 마기는 밖으로 분출된다.

그러한 성질을 가진 마기가 제법 잘 정돈되어 숨겨진다. 어지간한 경지의 무림인이 아니면 알아차리지도 못할 정도다.

그 숫자는 족히 백.

기운을 숨기는 데 전문적인 훈련을 거친 놈들이다.

그리고.

저벅. 저벅. 저벅.

열린 주점 문으로 누군가 걸어 들어왔다.

기운을 뿜어내는 것도 아니고, 눈에 띄는 행동을 하는 것도 아닌데 주점 안의 사람들의 시선은 모두 그를 향하고 있었다.

심지어 고주망태가 되어 똥오줌 분간도 못 하는 주정뱅이도 마시던 술을 내팽개치고 그를 바라보고 있으니 말은 다 했다.

꿀꺽.

이유 없는 긴장감에 누군가 마른침을 삼킨다.

그 소리까지 선명하게 들릴 정도로 주점 안은 침묵에 짓눌려 있었다.

그가 걸어왔다.

그리고 맞은편 의자에 허락도 없이 앉는다.

"무당파의 도인이 술이라…… 그것도 무당파의 앞마당에서? 재미있군!"

"그쪽이 할 말은 아닌 것 같은데?"

그의 말에 이현은 지지 않고 받아쳤다.

재미있는 건 지금 말하고 있는 인간도 마찬가지다.

"나도 한 잔 줬으면 좋겠군."

"원하는 건 술이 아닐 텐데?"

"시원시원해서 좋구만."

"내가 좀 그래. 보는 눈이 많은데……? 뭐라고 불러 드릴까?"

겸양의 미덕 따위는 내다 버린 이현은 주위를 살피며 물었다.

무당파 앞마당이다.

아무리 구면이라지만 무턱대고 이름이나 직급을 언급하기

에는 여러모로 찝찝한 곳이다.

"그건 내가 묻고 싶은 말이군. 뭐라고 불러줘야 할까? 무당잠룡? 이현? 아니면…… 신마?"

"그쪽 막내 제자가 일러바쳤나 보네. 좋아. 그럼 나는 뭐라고 불러드릴까?"

빈정거리는 이현의 물음에 상대가 답했다.

"천마라고 하지."

천마.

한때 천하를 손안에 넣는 대계를 꿈꾸던 사내가.

그리고 회귀 전 이현의 손에 숨을 다한 사내가.

다시 찾아왔다.

용건이야 안 봐도 뻔했다.

"나가자. 정 술 마시고 싶으면 나중에 내가 무덤에 뿌려 주지. 여기서 죽으면 무덤이 성할까 모르겠다만."

인사나 하러 왔을 리는 없다.

먼 길 온 손님의 목적이 싸움이라는 데야, 귀찮아도 싸워 주는 것이야말로 예의였다.

*　　　*　　　*

자리를 옮겼다.

마기를 뿜어 대던 일백의 마인들은 어느덧 사라져 있었다.

무당산 기슭의 넓은 공터.

소란이 벌어져도 당장 쫓아올 인간은 없을 것이다.

'그 빌어먹을 노인네만 아니면.'

그나마 달려온다면 혜광이 가장 먼저 달려오겠지만, 그건 그때 가서 생각할 일이다.

적어도 싸움에 앞서 뒷일은 어지간하면 생각하고 싶진 않았다.

싸우기로 했으니 싸움에 임할 생각이었다.

그래도 의문은 있었다.

"어떻게 알았냐? 난 야율한도 혈천신마도 아니잖아. 진짜 신검. 아니, 그쪽 막내 제자가 미주알고주알 다 일러바친 거냐?"

싸울 상대이니 예의 차릴 필요 없다.

대뜸 반말부터 찍 싸지르고 보는 이현의 물음에 천마는 담담히 고개를 저었다.

"꿈을 꾸었다. 혈천신마가 신교를 불태우고 나를 베더군."

"죽을 때 다 됐나 보네. 꿈에 집착하는 것을 보면."

"제법 잘 맞더군."

"그럼 점쟁이를 하시든가."

"다르군."

쉴 새 없이 이죽거리는 이현의 모습에 천마가 문득 중얼거렸다.

"뭐가?"

"꿈속에서 본 혈천신마와 지금의 그대. 많이 달라. 꿈속에서 본 그는 비록 적이지만 매력적인 사내였으니까."

"그럴까 봐 이러는 거야. 남색엔 취미 없거든. 괜히 나한테 반하면 이쪽이 곤란해진다고. 난 나한테 들이대는 놈한텐 취향 존중 같은 것 안 해."

"다행이군. 나도 그쪽은 아니니."

쓸데없는 이야기만 늘어놓았다.

내심 슬쩍 심기를 건드려 보려고 한 것도 있었는데 성과는 없었다.

그럼 시간 낭비할 필요는 없다.

"그래. 싸우자고 왔으면? 자신은 있다는 이야기겠지?"

본론을 꺼냈다.

"확인해 보면 알 일이 아니었나?"

천마가 대꾸했다.

그것이 신호다.

"흠……!"

대기가 붉게 물든다. 천마의 등 뒤에서 솟아난 기운이 어느 덧 천지 사방을 뒤덮었다. 지독한 마기에 숨 쉬는 것조차 거

슬릴 정도다.

"개도 아니고 영역 표시는!"

이죽거렸지만 결코 똥개 따위와는 비교할 수 없다.

천지 사방을 뒤덮은 붉은 마기의 영향권 안은 천마의 영역이다.

그 속에 이현이 있으니 적진 한가운데 서 있는 것이나 다름없다. 아니, 부처님 손바닥 위에 올려진 손오공과 같은 꼴이다.

숨소리 하나. 심장의 맥동과 근육의 미세한 움직임은 물론, 공력의 운영까지.

이현의 아주 미세한 것까지 낱낱들이 파악하는 적.

쉬울 리 없다.

아니, 같은 경지로 보았을 때에도 이런 상황이라면 절대적으로 불리하다.

"확실히 내가 알던 것과는 많이 달라."

이현은 냉정하게 파악했다.

그가 알고 쓰러트렸던 천마의 경지와는 전혀 다르다.

"노력했지. 미치기를 두려워하지 않았으니까. 그댈 쓰러트리기 위해 천마흡혼공을 익혔다. 성장이 정체한 내가 단기간에 성취를 이루려면 그 수밖에 없었으니."

"미쳤군!"

천마의 설명에 이현은 자신도 모르게 그 말을 내뱉었다.

"진짜 미친 거 아니야?"

마교의 비급을 모조리 살폈던 이현이다. 천마흡혼공이라고 모를 리 없다. 이현이 파악하기로 그건 불완전한 무공이었다. 익히면 필시 파멸한다. 광인이 되거나 살인귀가 되건. 그것도 아니면 주화입마로 죽거나.

무엇하나 정상적인 탈출구가 없다.

그만큼 매력적이긴 하지만, 그렇다고 죽을 자리 뻔히 알면서 모가지 들이밀 필요는 없다.

'어쩐지 찝찝하더라니.'

주위를 에워싼 마기에 깊은 찝찝함을 느끼던 차였다. 보이지 않는 무언가가 발목을 붙들고 빨아당기는 기분이었다.

그 정체가 천마흡혼공이다.

이대로 있으면 그저 가만히 있는 것만으로도 내기가 빨려 죽을 판이다.

싸워도 이득 볼 건 없다.

이현이 뿜어내는 공력은 고스란히 천마의 공력으로 전환되어 돌아올 테니까.

스릉.

이현은 검을 뽑았다.

지금까지의 건들거리는 모습은 사라진 지 오래다.

진지하게 마음먹었다.

그건 천마 또한 마찬가지다.

이현이 검을 뽑기 무섭게 천마도 검을 뽑았다.

천마신검.

검신에 적힌 글귀가 선명히 눈에 들어왔다.

'마도제일병(魔道第一兵)!'

신교. 아니 중원에 흩어져 숨죽인 모든 마도의 병기 중에서 가장 앞에 놓이는 병기.

천마신검은 오랜 역사 동안 그 자리를 한 번도 양보하지 않았다.

이미 그 자체로도 신검인데, 오랜 시간 지나오며 흡수한 기운과 피가 더해졌으니 그 가치는 이루 말할 필요가 없다.

그에 반해.

'나는 그냥 무당파에서 받은 검.'

그냥 무당파에서 받은 송문고검.

대충 만든 검은 아니지만 그래도 천마신검에 비하자면 비루하기 짝이 없다.

이현은 중얼거렸다.

"대단하군."

"고맙다. 허면, 시작하지."

천마가 움직였다.

천마는 분명 그 자리에 있었지만, 이현은 천마가 움직였음을 알고 있었다.

이형환위다.

너무 빨리 움직여 그저 허상만 그 자리에 남아 있을 뿐이다. 이현의 감각은 천마를 쫓고 있었다. 천마는 직선으로 마주 달려오고 있었다.

천단세.

하늘 높이 치켜든 검을 수직으로 내리긋는다. 단순한 검로였지만, 그렇기에 무섭다. 일격필살의 검이다. 단순함으로 일격필살을 노릴 정도면 그만큼 자신이 있다는 의미일 터다.

그리고.

그런 짐작은 틀리지 않았다.

검 끝에.

세상이 이지러진다. 뭉치고 깨지고 찢겨 나간다.

쩡! 쩌정!

이현을 둘러싼 주위도 깨져나가고 있다.

그 깨어짐에 몸을 들이는 순간 이현의 몸도 사기그릇처럼 깨어져 나갈 것이다.

쩡!

그리고 마침내 이현이 섰던 자리도 깨져 나갔다.

탓!

이현이 움직인 건 그때였다.

천마와 달리 이현은 좌에서 우로 간단한 검로를 그렸다.

천마의 검이 아래로 떨어진 것과, 이현의 검이 좌에서 우로 그어진 것은 거의 동시의 일이다.

쾅!

스확!

서로 다른 검이 서로 다른 소리를 만들어 낸다.

착!

그렇게 이현과 천마는 서로를 교차해 지나갔고, 또 그렇게 동시에 뽑았던 검을 검집에 돌려놓았다.

이번만큼은 같은 소리를 냈다.

천마가 이현을 등진 채 먼저 물었다.

"무슨 검이지?"

이현도 천마를 등진 채 답했다.

"태극혜검 비스름한 것? 솔직히 나도 잘 몰라."

"재밌군. 공간을 넘는 검이라……."

빈곤한 대답에도 천마는 웃음을 지었다.

그리고.

툭!

천마의 머리가 바닥으로 떨어졌다.

"아!"

이현이 고개를 돌렸다.

바닥에 떨어진 천마의 머리를 보고 잊고 있던 말을 털어놓았다.

"아까 말 끊겨서 설명 못 했는데. 대단하다고 한 건 네가 아니라 나야. 그 상황에서도 질 것 같지가 않았으니까."

"……."

대답은 없었다. 목이 잘린 사람이 대답할 수 있을 리 없다.

과거 혈천신마였을 때도, 현재의 무당잠룡 이현이었을 때에도.

천마가 죽었다. 마도에 군림하던 절대자의 말로라 하기엔 너무나 허망한 죽음이다.

허탈하긴 이현도 마찬가지다.

"제길! 천마도 한칼에 뒈졌는데, 혜광 그 늙은이는……!"

하여간 그놈의 혜광이 문제다.

〈다음 권에 계속〉

DREAMBOOKS★